아프다고 말할 수 있는
용기있는 마인드가 우리에게 필요하다

괜찮다고
아무렇지
않은 것은
아니다

남들에게 비추어진 모습을

걱정하며 살아가지 않는 법

홍현태
에세이

괜찮다고
아무렇지
않은 것은
아니다

홍 현 태
에 세 이

괜찮다고 아무렇지 않은 것은 아니다

삶을 살아가다 보면 인간관계, 연인관계, 꿈에 있어서 어렵고 복잡하게 느껴지는 감정이 한꺼번에 뒤섞여 찾아올 때가 있습니다. 그런 감정이 순탄하던 삶을 복잡하게 만들었을 때 우리는 '난 왜 이렇게 부족할까?'라는 생각에 스스로를 자책하며 잠을 설치곤 하죠.

내면에 쌓인 감정이 해결되지 않고 지속되었을 때 이 상황을 벗어나기 위한 긍정적인 희망과 포기하고 싶다는 부정적인 갈림길에 갇혔던 당신. 우선, 이 갈림길에서 선택하지 못한 채로 괴로움과 다투느라 그간 고생 많으셨습니다.

저는 낮은 자존감을 가진 사람이었지만, 이제는 누군가에게 위로를 줄 수 있는 한 명의 작가가 되었습니다. 이 과정에서 겪은 경험을 통해 당신이 더는 상처 받지 않고 당당히 삶을 살아갈 수 있게끔 도움을 주고자 이 책을 썼습니다. 수많은 갈림길 앞에서 망설였던 마음과 복잡했던 생각이 이 책에 담긴 이야기로 수월히 해결되어 부디 마음에 평온이 찾아왔으면 좋겠습니다.

사람은 실수의 동물이지만 실수를 계기로 삼아 더 발전할 수 있는 동물입니다. 그러니 더는 포기하지 말고 실수를 두려워하지 마세요. 우리는 자신의 선택을 믿고 앞으로 나아가야 합니다. 사람에게 상처받고 낮아진 자존감으로 나를 사랑하지 못하며 가지고 있던 꿈을 포기하는 당신은 이 책으로 조금 더 솔직하고 당찬 사람이 될 수 있을 겁니다. 우리는 지금보다 더 좋은 인생을 살아갈 수 있어요. 그런 의미에서 전합니다.

당신은 충분히 좋은 사람입니다.
당신은 충분히 사랑받을 자격이 있는 사람입니다.
당신은 무엇이든 이룰 수 있는 사람입니다.
당신은 당신으로서 아름답습니다.

목차

1장. ° 당당한 인생을 살고 싶은 당신에게

2장 °° 상처 없는 인간관계를 꿈꾸는 당신에게

목
차

1장。°당당한 인생을 살고 싶은 당신에게

인생의 주인공은
타인이 아닌 바로 나 자신이다

어릴 적부터 현시점까지 자라오면서 주변 사람들에게 가장 많이 들었던 말은 "넌 비상한 생각을 가지고 있어"라는 말이 아닌 "넌 보통의 사람과 다르게 이상한 생각을 한다."는 말이었다. 내 생각이 일반적인 사람과 다르다는 이유로 주변 사람들에게 비상식적인 생각을 하는 사람으로 낙인이 찍히게 된 것이다.

그로 인해 나는 사람들과 이야기를 나누는 걸 좋아하는 성격에서 사소한 이야기조차 잘 꺼내지 않는 소심한 성격으로 바뀌게 되었다. 또다시 그들에게 상처가 되는 말을 듣지 않을까 하는 두려움이 생겼기 때문이다.

그렇게 스스로 입을 다문 채 타인의 시선을 의식하는 삶을 살아가던 중, 유독 한 친구가 다른 사람들과 다르게 나를 바라봐 주었다. 친구는 어느 날 내게 에세이 한 권을 건네며 이런 말을 했다.

"내가 보기엔 현태야. 넌 작가랑 잘 어울릴 거 같아, 난 네가 비상식적인 생각을 하는 게 아니라 비상한 생각을 가지고 있는 거라고 생각해."

짧은 말이었지만 고마운 친구의 말을 듣고 난 잃었던 자존감을 다시 얻게 될 수 있었다. 그 친구의 따스한 응원을 받고 본연의 마음을 되찾은 채 집으로 돌아가 선물 받은 책을 펼쳤다. 책 속에 담겨있는 내용을 천천히 읽으니 그동안 주변 사람들에게 받은 마음속의 상처들이 씻겨 내려가는 것 같았다. '나와 비슷한 생각을 가진 사람도 있구나'라는 동질감과 함께 마음이 아픈 사람을 위로해 주는 글을 쓰고 싶다는 동기부여를 가진 뒤, 모든 사람에게 공감을 얻는 글보단 마음이 아픈 사람을 치유해 주는 사람이 되자는 마음가짐으로 내 감정과 생각을 허심탄회하게 글로 옮기게 되었다.

이런 마음가짐으로 지금까지 글을 적어왔지만, 사람들이 늘 좋게만 봐주는 건 아니었다. 실제로 댓글을 훑어보면 "이게 말이 되는 소리세요?" "무슨 소리인지 모르겠네"라는 말을 남기는 사람도 더러 있었으니 말이다. 하지만 그런 소리를 하는 사람보다 좋게 읽어주시는 독자님들이 더 많았기에 2년이라는 시간 동안 멈추지 않고 글을 적을 수 있었다.

지금까지 글을 적으며 깨닫게 된 점이 한 가지 있다. 모든 사람에게 인정받기란 힘들고 사람들의 생각은 제각기 다르다는 것이다. 누군가가 내 생각을 틀렸다고, 아니라고, 이상하다고 이야기할지라도 그 말에 무너지기보단 내 생각을 이해해 주며 존중해 주는 사람을 찾아가면 된다. 내 인생의 주인공은 타인이 아닌 나 자신이고 모든 선택의 결과는 내 결정으로 이루어진다. 나는 늘 타인의 시선에 갇혀 나 자신을 숨기려 했던 과거의 나에게 미안한 마음이 들었다.

앞으로는 과거의 나약함을 반성하며 타인에게 맞추는 내가 아닌 나와 맞추어 갈 수 있는 사람을 만나려고 한다. 무엇보다 인생을 주체적으로 살아간다면 주위에는 자연스레 나를 좋아해 주는 사람들로 채워질 것이다.

내 인생을 타인이 선택하게 하지 마세요.

모든 선택은 당신에게 있습니다.

사소한 상처에 쉽게 무너지지 않기를

집 앞 공원을 산책하다 한 귀여운 꼬마 아이가 내 시야에 들어왔다. 그 아이는 기분이 좋은지 해맑은 미소를 지으며 세차게 앞을 향해 달려나갔다. 밝고 힘찬 그 순수한 모습이 예뻐 보여 집으로 향하던 발걸음을 멈추고 벤치에 앉아 아이를 한참 동안 바라보게 되었다. 그 아이는 힘차게 달리다 자신의 속도를 감당할 수 없었는지 그만 앞으로 넘어지고 말았다. 그리고 몇 초 뒤에 눈물을 터트릴 거라 생각했지만, 내 생각은 틀린 생각이었다. 아이의 넘어진 모습에 엄마는 깜짝 놀라 아이에게 달려가 옷을 툭툭 털어주며 "괜찮아? 조심 좀 하지!"라는 말을 했지만 그 말을 들은 아이는 그 자리에서 천천히 일어나 "엄마 나 괜찮아"라는 말과 함께 엄마에게 도려 환한 미소를 보였다.

그 모습을 지켜보다 문득 한 가지의 생각이 들었다. 나보다 심적으로 어린아이도 아프게 넘어지더라도 아무렇지 않은 듯 굳건히 일어나는데 난 왜 어린아이보다 힘차지 못했을까? 난 왜 사소한 상처에도 일어나지 못하고 주저앉아 눈물을 흘렸을까? 이런 생각을 하니 그 아이가 나보다 더 어른스러워 보이는듯했다.

그 아이를 통해 한가지 교훈을 얻게 되었다. 앞으로는 세상에서 얻는 사소한 상처에 무너지지 않는 내가 되기로, 사소한 상처를 지속적으로 주는 사람은 내 삶에서 배제하며 살기로. 나는 주변 사람들에게 사랑을 받고 관심을 받으려 애쓰기보단 나 자신을 사랑해 주고 더 많은 관심을 주기로 다짐했다. 더 이상은 사소한 상처에 무너지지 않고 감정 소모를 하지 않겠다는 생각과 함께 연락처에 있는 소중한 사람을 배제한 몇 명의 사람을 정리하며 앞으로는 홀로 연을 이어가려 애쓰기

보다는 가끔 나를 먼저 찾아주는 사람과 연을 이어가며 함께
하기로 다짐했다.

부질없는 사람을 정리하고 나서 그들이 서운해하겠다는 생
각은 들지도 않았다. 왜냐하면, 내가 먼저 연락하기 전엔 연
락 한 통 없던 사람들이었고 내가 필요할 때만 연락하던 사람
들이었기 때문이다. 연락할 사람이 적고 만날 사람이 적더라
도 지금 잠시 힘들 뿐, 차후에는 좁은 인간관계가 더 편하리
라 생각한다. 더는 내게 상처 주는 사람 때문에 아파하지 않
을 거다. 그렇게 나는 나를 사랑하기로 다짐했다.

먹먹한 감정이 들면 울먹이는 당신이 아닌
주먹을 꽉 쥐고 지금 시기를
힘차게 이겨내길 바라요.
당신은 생각 이상으로 강하니까요.

무엇인가를 도전할 때
겁내지 않았으면 좋겠다

　무언가 도전하고 싶은 것이 생겨 시도한다면 새로운 도전에 '내가 과연 잘할 수 있을까?' '포기할까?'라는 두려움이 자연스레 동반된다. 모든 결정은 스스로 해야 하는 일이지만 혼자 아무 말 없이 결정하기엔 겁이 나 주변 사람에게 자신의 상황을 이야기하여 조금이나마 힘을 얻고자 하지만 타인에게 그런 상황을 이야기하더라도 자신이 원하는 응원의 답변은 쉽게 듣지 못할 거라고 생각한다. 보통 그런 상황에서 지인들은 자신의 일이 아니기에 깊게 생각해서 말하기보단 자신의 삶에 맞춰 답변하거나 얕게 생각해 "그냥 해, 뭐가 어렵다고 그래?" "별것도 아닌데 뭘 그러냐?"라는 대답을 하곤 한다. 그런 말을 들으면 기존의 두려움이 배로 더 커져 시작도 해보기 전에 두려움에 지치게 된다. 지치지 않고 목표를 이루기 위해선 우선 주변 사람들의 좋지 않은 말을 배제하고 자신의 생각을 토대로 꾸준히 노력한다면 충분히 어려운 일도 이룰 수 있다고 생각한다.

난 어릴 적 미용실에 머리를 자르러 갈 때도, 집 앞 슈퍼를 갈 때도 혼자 가지 못하는 소심한 성격이었다. 나이를 먹어도 내 마음속엔 늘 어린아이가 자리 잡고 있는 듯했다. 그래서인지 주변에선 늘 내게 소심하다는 말을 했다. 날 피폐하게 만드는 그 말을 주변 사람에게 들을 때마다 나 자신이 망가지는 것 같아 더는 듣지 않기로 다짐하며 결심했다.

20대가 되고 주변 사람의 시선을 의식하며 살고 싶지 않다는 생각에 혼자 해외여행을 떠났다. 3박 4일이란 기간 동안 가고 싶은 곳을 마음대로 다녔고 그곳에서 외국인 친구도 사귀게 되었다. 그때 혼자 해내는 내 모습을 칭찬해 주었다.

"잘했어, 너도 혼자 잘할 수 있구나?"

이렇게 자기애를 기르고 나니 부정적이었던 생각이 자연스레 긍정적으로 변하게 되었고 그 덕분에 혼자 뭘 하든 다 해낼 수 있다고 생각하는 사람이 되었다.

그 여행으로 나는 한 가지 큰 깨달음을 얻었다. 나를 지치게 만들었던 건 주변 사람이 아닌 바로 나 자신이었다고, 주변 사람들이 좋지 않은 소리를 한다면 내 인생에서 배제 시키고 살아가면 되는 것이라고 말이다. 지금 현시점에서 막연한 두려움을 가진 당신에게 말해주고 싶다.

무엇인가를 도전할 때 두려움을 극복하기 위해선 '난 안돼'라는 부정적인 생각보다 '난 할 수 있어'라는 긍정적인 생각으로 임해야 한다. 앞으로 도전을 할 때는 주변 사람의 말에 휘둘리며 겁을 내는 것보단 나 자신을 한 번 믿어보기로 하자. 겁내지만 않는다면 충분히 이룰 수 있는 일이 많다. 그 소심한 내가 해외여행을 떠난 것처럼 말이다.

무엇보다 당신은 하고자 하는 일을 충분히 이룰 수 있는 사람이다. 그러니 내가 가고자 하는 길을 두려워하지 말아라. 그 길을 꽃길로 만드는 건 바로 나 자신이다.

너무 겁내지 마세요.

막상 해보면 아무것도 아닌 일이 많으니까요.

용기있는 자만이 원하는 꿈을 쟁취할 수 있습니다.

조금은 뒤처져도 괜찮아

나보다 앞서 가는 사람에게 뒤처지고 싶지 않다는 생각에 너무 무리하지 않았으면 좋겠습니다. 사람들은 삶을 살아가며 자신의 위치가 삶의 기준점이 되어 나보다 실력이 좋은 사람을 바라보고 그 사람을 시기 질투하며 열등감을 품고 살아갑니다.

자신과 같은 위치에서 시작한 사람과 조금이라도 격차가 생겼을 때 자신의 속도에 맞지 않게 그 사람과의 격차를 좁히려 페이스를 오버해서 무리한다면 금방 지치고 말거라 생각합니다. 그렇게 되면 암울한 생각과 동시에 상대방에 대한 열등감이 머릿속을 지배하게 됩니다.

이런 악순환이 반복된다면 당신은 본연의 목표점에 도달하기 위해서 노력하는 모습이 아닌 포기라는 선택을 하게 될 것입니다. 그 사람에 비해 너무나 부족하다는 생각이 들고 '이 길은 내 길이 아닌가 보다'라는 생각에 좌절하고 마는 것이죠.

그러나 내가 나를 바라보는 시선이 아닌 타인이 바라보는 당신의 모습은 부족한 게 아닌 자신의 인생을 열심히 살아가는 사람일 것입니다. 당신뿐만이 아닌 모든 사람이 나보다 앞서 있는 사람을 바라보고 부러워하며 살아갑니다. 질투도 나지만 그 사람이 대단해 보여서, 그 사람과 같아지고 싶어서 상대를 목표로 삼고 뒤에서 갖은 노력을 하고 있는 것이죠. 하지만 자신보다 잘나가는 사람만을 맹목적으로 바라보는 게 아닌 자신이 할 수 있는 역량을 발휘해 이룰 수 있는 일을 천천히 일구며 삶을 만들어가면 좋겠습니다.

사람에게는 제각각의 페이스가 있다고 생각합니다. 마치 마라톤을 할 때처럼 말입니다. 마라톤을 할 때 페이스 오버를 하면 완주를 하지 못하듯 포기하지 않고 목표점에 도달하기 위해선 남을 의식하지 않고 당신의 속도를 오버하지 않은 채 꾸준히 속도를 맞춰 앞을 향해 나아가야 합니다. 이것만 유지한다면 당신은 반드시 목표점에 도달할 수 있을 겁니다.

그러니 앞으로는 타인을 의식하는 당신이 아닌 할 수 있는 만큼 속도를 유지하는 당신이 되어야 합니다.

페이스 오버를 한다면 마라톤을 완주하지 못하듯
남을 의식해 삶의 속도를 페이스 오버하지 말고
꾸준히 당신의 속도에 맞춰 앞을 향해 나아가세요.

9회 말 2스트라이크 2아웃

인생의 갈림길이 자신 앞에 나타난다면 어디로 가야 할지 결정하기가 어렵고, 둘 중에 한쪽을 선택하기가 어려워 어떻게 해야 좋은 선택일까 하는 생각이 들 때 주변 사람에게 조금이나마 힌트를 얻고 싶어서 도움을 청하곤 한다.

상대방의 고충을 듣고 난 뒤 종종 자신의 삶과 상관없다는 이유로 진중한 답변이 아닌 생각나는 대로 답을 뱉는 사람이 있다. 그런데 아이러니하게도 신중하지 못한 타인의 답변을 들은 사람은 "역시 남에게 물어보길 잘했어"라는 생각을 한다.

인생에 정답은 없다. 만약 정답이 있었다면 그 답은 자기 자신의 결정이라고 생각한다. 결과가 좋지 않으면 다음에 잘하면 되는 거고, 결과가 좋다면 자신의 결정에 후회가 남지 않을 것이기 때문이다. 그렇게 된다면 이 세상 모든 사람이 빈부격차가 존재하지 않는 곳에서 행복한 삶을 살아갈 수 있지 않을까? 인생은 야구와 같다. 1회, 2회, 8회까지 모두 져버려도 9회 말 2스트라이크 2아웃 상황에서 지금까지의 경험을 토대로 반전을 일으키면 된다.

굳이 필요하다면 가끔은 이미 경험해 본 사람의 조언을 듣는 게 좋다. 그 사람들은 이미 경험해 본 결과물로 답을 해주니 말이다. 하지만 그 사람이 이렇게 해라, 저렇게 해라는 말에 휘둘리기보단 자기 자신이 하고자 하는 방면으로 선택하고 행동해야 한다. 타인의 말을 들어 잘 된다면 "거봐 내 덕분이지?"라고 말을 할 거고 잘되지 않는다면 "거봐 내가 안 된다고 했지?"라고 말할 테니까 말이다.

삶의 주인공은 결국 자기 자신이고 삶의 주인도 자기 자신이다. 주변 사람들에게 주인공 자리를 넘겨주려 하지 않았으면 좋겠다. 이 세상은 자신을 중심으로 돌아가기 때문에 실패는 경험이자, 성공하기 위해 세상이 "다음엔 지금보다 조금 더 열심히 노력하자"라고 말해주는 거니, 타인의 말에 휘둘리는 사람이 아닌 타인의 말을 조언으로 삼았으면 좋겠다. 차후에 타인을 원망하는 삶이 아닌 경험을 선택하는 삶을 택했으면 좋겠다.

삶의 주인공은 바로 당신이고
삶의 주인도 당신입니다.
주변 사람들에게 주인공 자리를
넘겨주려 하지 마세요.

할 수 있다 할 수 없다는
스스로의 생각으로 이루어진다

사람은 성장의 동물이라고 생각합니다. 한 가지의 목표를 성공시키고 나면 또 다른 목표가 생겨 다시 도전을 시작하기 마련이죠. 새로운 도전이 불쑥 찾아와 자신이 경험하지 못했던 부분을 맞이하게 되면 가끔 두려움이란 감정이 머리를 사로잡고 점점 지배하게 되어 할 수 없다는 부정적인 마인드를 만들곤 합니다. 누구나 새로운 도전은 두렵다고 생각하지만 하지 못할 일은 없다고 생각합니다. 단지 시도하지 않는 것 뿐이죠.

우리가 태어났을 적을 생각해 봅시다. 부모님 곁에서 배가 고파 울음을 터트리면 분유를 먹여주시고, 잠이 오지 않아 칭얼거리면 업어주시고, 생리현상을 한다면 기저귀도 갈아주시고, 소화가 되지 않으면 토닥토닥 등을 두드려 트림도 시켜주시는 등 사소한 모든 부분을 해결해 주셨지만, 점차 홀로 성장하는 시간을 걸쳐 기어 다니다 새로운 도전인 걷기에 성공하고 또 다른 도전인 뛰어다니기를 시작하듯, 우리는 어릴 적부터 생각지도 못한 도전을 자주 경험하며 자라왔습니다.

'이젠 할 수 있어'라는 도전정신보다 '난 못해 이걸 어떻게 해'라는 부정적인 생각이 성장하게 되면 할 수 있는 부분마저 못하고 겁부터 내기 바빠집니다. 현재의 삶은 모든 부분이 익숙하고 편하기 때문에 굳이 어렵게 느껴지는 걸 피하거나, 현재의 삶도 벅차서 새로운 도전을 할 시간이 없다는 이유로 도전 자체를 꺼리는 때도 있습니다.

저 또한 그랬습니다. 글쓰기를 두려워했지만 꾸준한 도전으로 하루에 한 번 SNS에 글을 적었습니다. 제 글을 좋아해 주셔서, 제 생각을 좋아해 주셔서 늘 즐거움만 가득했습니다.

하지만 출간이라는 기회가 예고도 없이 불쑥 찾아왔을 때 원고 작성이라는 도전을 하며 저는 또다시 부정적인 생각에 사로잡혔습니다. '내가 과연 할 수 있을까? 난 국어국문학과도 아니고, 어려운 단어도 쓰지 못하는데…. 난 못할 거야'라고 말입니다. 그런 생각이 머릿속을 지배하려는 순간 '이번 기회가 마지막일지도 모르고 새로운 도전을 한다면 한층 더 성장하는 계기가 되지 않을까?'라는 생각을 했습니다. 그 마인드로 인해 부정적인 생각을 떨쳐내며 도전을 시작했고 결국 첫 번째 책을 낼 수 있었습니다. 물론, 아쉬움이 남는 도전이었지만 성공을 했다는 뿌듯함과 그 누구의 도움을 받지 않고 홀로 성공해 낸 결과물이라 그 자체로 큰 희열감을 느낄 수 있었습니다.

이 계기로 깨달은 점이 있습니다. 모든 도전은 듣기만 하면 어렵게 느껴지지만, 막상 하면 생각보다 어렵지 않다는 것을. 내가 괜히 겁부터 먹었다는 것을. 이 계기를 통해 저는 2번째 책이라는 기회를 만들 수 있었습니다.

새로운 도전을 성공시키기 위해선 익숙한 환경에서 벗어나야 한다고 생각합니다. 그러니 앞으로는 시도도 해보지도 않고 '난 못해'라는 부정적인 생각을 가지는 것보단 겁쟁이의 가면을 벗어던지고 '난 할 수 있어'라는 긍정적인 생각을 가졌으면 좋겠습니다.

그 마음가짐 하나면 앞으로 새로운 걸 도전할 때 당신에게 불가능이란 존재하지 않을 겁니다.

무엇인가 도전할 때 막막해하지 말고
막막해 버려 충분히 잘해낼 거야

 무언갈 도전할 때 어떻게 해야 하는지 몰라 혼자 막막해하며 '내가 어떻게 해, 난 못할 거야.'라는 부정적인 생각을 가지는 사람이 많다. 주변에서도 "나 이거 해보려고 하는데 어떻게 해야 해?"라고 묻는 사람이 종종 있다. 하지만 나는 타인에게 정답을 묻기보단 스스로 해답을 찾아야 한다고 생각한다. 자신의 일을 스스로 해결해 나갈 때 자신감이 생기고, 성과를 바라보며 뿌듯한 마음이 생길 때 도전에 박차를 가할 수 있기 때문이다.

나는 주변 사람들의 고민에 여러 가지의 길을 알려주지만 "이렇게 해, 저렇게 해"가 아닌 마치 내비게이션처럼 여러 가지 선택지만 알려주는 편이다. 그 사람이 자신이 가고 싶은 길을 정할 수 있도록 선택권을 쥐여주는 것이다.

아이를 키울 때도 마찬가지라고 한다. 아이가 어떠한 행동을 했을 때 "그거 아니야, 그렇게 하면 안 돼"라고 말한다면 아이는 이렇게 하면 안 된다는 틀에 박혀 살아가지만, 아이에게 "왜 그렇게 생각을 했어? 한번 해볼래?"라고 의견을 존중해 준다면 아기가 직접 해보고 '안되는 건 안 되는 거구나'라는 경험이 생겨 사고방식이 더욱 넓어진다.

당신이 새로운 도전을 할 때 막막하다는 이유로 처음부터 포기한다면 틀에 박혀버린 사람이 되고 말겠지만 정해진 틀이 싫어 당신이 하고 싶은 대로 막막 해버린다면 충분히 좋은 기회가 찾아올 것이다. 지금까지 봐왔던 당신의 모습은 모든 걸 잘 해결해냈으니, 포기하지 말고 보다 더 노력하는 사람이 되길 바라며 늘 뒤에서 응원하고 있는 사람을 바라보고 기운을 냈으면 좋겠다.

알게 모르게 곁에서 수많은 사람이 당신을 응원하고 있다. 그러니 절대로 좌절하지 말고 꾸준히 힘을 내라. 실패하더라도 그 모든 과정은 삶을 더 단단하게 해줄 것이다.

가끔은 철없이 도전해보세요.

타인의 시선에 흔들리지 않는
당신이 되었으면 좋겠어요

　사람에 대한 진가를 알기 위해선 그 사람과 오랜 시간을 함께해야 한다고 생각해요. 상대방의 행동, 생각, 언행을 짧게 보고 상대방의 모든 부분을 알 수 없는 것이죠. 마치 바다처럼 말이에요. 바다에 처음 발을 담그고 눈으로 보기엔 수심이 낮아 보여 별로 깊지 않다는 생각에 더 깊이 들어가면 발이 지면에 닿지 않는 순간이 찾아오기 마련이죠. 그때 파도에 이끌려 점점 더 수면 아래로 내려가는 두려움이 찾아온다면 그제야 나의 판단이 틀렸다는 것을 인지하게 돼요.

앞서 말했듯 한 사람의 진가를 알기 위해선 오랜 시간을 알아봐야 한다고 생각해요. 함께 오랜 시간을 보낸 가족 또한 서로에 대해서 모르는 부분이 수두룩해 다툼이 일어나는데, 잠시 본 사람이 어떻게 당신의 진가를 알아볼 수 있을까요.

소개팅, 시험, 면접 등 한정적인 시간 속에 한 사람의 모든 삶을 평가하는 자리에서 좋지 않은 결과를 받았다고 무너지지 않았으면 좋겠어요.

당신의 진가를 알아보지 못하고 무시하는 사람들에게 상처받지 말아 주세요. 그 사람들이 아니어도 이미 진가를 알아주는 사람들을 곁에 둔 당신이잖아요. 당신은 제게 대단한 사람이에요.

그 누구보다 대단한 당신이에요.
그러니 자존감을 잃지 않았으면 좋겠어요.
당신은 알면 알수록 진국인 사람이니까요.

어떠한 고충에도 무너지지 않는
당신이 되기를 바란다

눈앞에 한 가지 걸림돌이 나타나면 "이 문제를 어떻게 처리하지?" "왜 나한테만 자꾸 이러한 시련을 주는 거야"라는 생각을 자연스레 하게 된다. 그런 생각을 하는 사람들에게 그생각은 단단히 틀렸다고 말해주고 싶다. 당신뿐만이 아닌 모든 사람에게 불행은 찾아오기 때문이다. 당신이 부족해서? 당신이 재수가 없어서? 삼재라서? 아니다.

삶은 아이스링크장 같다. 아무리 능숙한 사람들도 넘어지기 마련이니까 말이다. 피겨 선수는 열심히 노력한 만큼 능숙한 실력을 겸비하고 있지만 아이스링크장 위에선 종종 넘어지곤 한다. 넘어지지 않을 것처럼 비추어지는 선수들도 넘어지고 또 넘어진다. 하지만 넘어진 선수들은 그 자리에서 "왜 나만 쓰러지는 거야"라며 세상에 소리치기보단 "괜찮아, 잘 되려고 이러나 보다 다음에 잘하면 돼."라며 자기 자신을 다독이며 넘어진 몸을 빠르게 일으켜 세운다.

이처럼 아무리 행복한 삶을 살아도 가끔은 주춤하기 마련이다. 힘든 순간이 찾아온다면 잠시 쉬어가도 되니 너무 깊은 좌절은 하지 않았으면 좋겠다. 차후에 다가올 행복을 그리며 지금 상황을 툭툭 털어내고 일어나도록 하자. 누가 손을 잡아줘야 일어났던 어린 시절은 지났다. 이제 우린 성인이 되었고 홀로 서야 할 시기다. 누군가의 진심 어린 응원이 필요하다면 타인에게 바라지말고 먼저 자신을 응원하도록 하자. 그 누구보다 자신을 응원해줘야 하는 사람은 나 자신이니까 말이다.

그러니 앞으로는 좌절하기보다는 '내가 망할 거 같아?'라는 생각을 가지며 굳건히 일어나는 당신이 되도록 하자. 그 계기를 통해 한층 더 성장하는 당신이 될 것이다.

당신은 아직도 넘어지는 것을 두려워하고 있는가?

당당한 인생을 살고 싶은 당신에게

모든 사람에게 사랑받으려
애쓰지 않아도 좋아

사람은 가족 앞에서의 모습과 주변 지인 앞에서의 모습이 다르다. 가족 앞에서는 후줄근하고 꾸며지지 않은 모습으로 편하게 있고, 가끔 기분이 좋지 않으면 문을 쾅쾅 닫고 짜증을 내기도, 휴지를 꺼내와 펑펑 울기도, 생리현상을 나누며 웃곤 하지만 집 밖으로 나와 주변 사람들을 만날 땐 늘 행복한 척, 좋은 사람인 척, 아무것도 모르는 척, 본연의 모습을 꾹꾹 눌러 담고 인위적인 모습으로 상대를 마주한다.

상대방에게 자신의 모습을 들키고 싶지 않아서, 속마음을 들키고 싶지 않아서 말이다. 그런 꾸며진 모습으로 타인을 마주하고 거짓된 생활을 한다면 당신의 모습은 타인에게 좋은 사람으로 남겨지겠지만, 후에 인위적으로 꾸며내 만든 가면이 조금이라도 벗겨진다면 그 모습을 이해해 줄 사람은 없다고 생각한다.

본 모습을 바라본 사람은 아마 "너 예전에 안 그랬잖아. 너도 점점 변하는구나?"라는 말을 할 테다. 그렇다고 해서 평생 타인을 상대할 때 자신의 모습을 가면 뒤에 숨긴다면 인간관계를 건강하게 유지하기 힘들 거라 생각한다. 세상에서 가장 힘든 건 자신의 감정에 거짓말을 하는 것이기 때문이다.

어느 노래에서 나오는 구절이 있다.

"울고 싶어 우는 사람이 어디 있겠어."

울고 싶어 우는 사람은 없다고 생각한다. 슬픈 상황이 찾아와 좋지 않은 감정을 참아내고 억누르고 싶어 입가에 미소를 띠어보지만 이미 눈물은 눈 줄기를 타고 미소를 띠고 있던 입속에 바닷물보다 짠맛을 전하며 흐르고 있을 거라 생각한다.

슬플 땐 슬퍼해도 좋다. 꾸미고 싶지 않다면 꾸미지 않아도 좋다. 짜증이 난다면 짜증을 내도 좋다. 당신을 위하는 사람이라면 그런 본연의 모습을 좋아해 줄 테니 꼭 좋은 사람으로 기억되려 노력하지 않아도 좋다.

더는 모든 사람에게 사랑받으려 애쓰지 마라.

당신을 사랑해 줄 사람은 무엇을 하든 당신을 사랑해 준다.

누군가의 실수에 질타가 아닌
도움이 되는 사람이 되기를

맞춤법과 띄어쓰기를 잘하는 사람이더라도 짧은 문장이 아닌 긴 문장을 적어 내려간다면 오타가 발생하거나 띄어쓰기를 틀리는 실수를 하곤 합니다. 틀리는 부분 없이 장문의 글을 적어 내려가는 사람은 국어국문학과를 전공한 소수의 인원이 아닐까 싶습니다. 여기, 오타와 띄어쓰기 실수를 옆에서 고쳐주는 맞춤법 검사기가 있습니다.

저 또한 매번 글을 적고 나서 SNS에 업로드 하기 전, 맞춤법 검사를 하곤 합니다. 혹여나 틀린 부분이 없을까, 실수한 부분이 없을까 하는 생각을 하며 검사를 하면 아니나 다를까 오타 부분이 상세하게 나오는데 맞춤법 검사기는 그것을 자세히 알려주고 또 고쳐주는 역할을 합니다.

이와 마찬가지로 세상에는 완벽한 사람이 없기에 누구나 실수를 한다고 생각합니다. 타인의 실수를 보며 우린 여러 가지의 반응을 보이곤 합니다. 실수를 비웃는 사람들, 저것도 못 하냐며 훈수를 두는 사람들, 실수를 하든 말든 신경을 쓰지 않는 사람들, 곁에 아무 말도 없이 다가가 도움을 주는 사람들 등등.

이런 반응 중에 사람들이 원하는 건 힘들 때 말없이 곁에 다가와 도움을 주는 사람이 아닐까 생각합니다. 그 실수에 대해서 자기 자신도 민망하고 부끄러울 텐데 주변의 핀잔과 훈수 눈초리를 받는다면 1의 실수가 10으로 느껴지게 되고 그로 인해 자존감과 자신감이 무너져 무엇을 할 때 타인의 눈치를 보며 행동하게 되는 것 같습니다. 제가 한 사람에게 일을 알려줄 때 아무 말 없이 절 힐끔힐끔 쳐다만 봐서 물었습니다

"왜? 뭐가 잘 안돼?"

그러니 그 친구가 "이렇게 하는 거 맞..아요?"라고 되물었고 전 그 친구에게 "정말 잘했어! 앞으로는 이런 부분도 추가시켜볼까?"라고 말해줬습니다. 그 친구는 그 말을 듣고 난 이후로 긴장하며 눈치를 보는 게 아닌 일을 즐기면서 하는 모습을 저에게 보여주었습니다. 제가 그 친구를 독려한 건 이미 충분히 잘하고 있었고 사소한 실수는 아무렴 상관없었기 때문입니다. 타인에게 조금이나마 도움이 되는 일을 한다면 상대방에게 닿는 당신의 마음은 그 어떠한 도움보다 크게 느껴지고 잊히지 않을 거라 생각합니다. 그러니 누군가가 힘들어하고 실수를 한다면 핀잔과 훈수가 아닌 아무 말 없이 다가가 도움을 주었으면 좋겠습니다.

당신의 도움으로 상대방이 용기를 얻을 수 있기에 꼭 그렇게 해주신다면 감사하겠습니다.

오타가 나면 도움을 주는 맞춤법 검사기처럼
실수한 부분이 있다면
위로와 도움을 주는 사람이 됩시다.

실패는 우리의 삶이
완성되어 가는 과정이다

실패의 과정을 겪었다고 해서 자신을 비하하지 않았으면 좋겠다. 정말 원하고 원하던 목표를 얻기 위해 수많은 노력을 해왔을 거라 생각한다. 혹여나 타인이 "노력이 부족해서 그렇겠지, 더 열심히 해"라는 말을 하더라도 그 말에 동요되지 않았으면 좋겠다. 당신이 노력하지 않아서가 아닌 실패라는 과정을 겪으며 성장하니까 말이다.

맛있는 음식 레시피를 만들기 위해선 수많은 실패 과정이 존재한다. 그리고 그 실패 과정 끝에 결국 맛있는 음식 레시

피가 탄생한다. 우리네 삶도 그렇다. 실패를 두려워하지 말고 완성되어 가는 과정이라고 생각하면 포기하지 않고 더 나아갈 수 있다.

음식에는 황금 레시피가 있고 인생엔 황금기가 있다. 실패를 경험하고 무너지는지, 그 실패를 지팡이 삼아 짚고 일어날지에 따라 삶은 달라진다. 세상에서 주는 나쁜 장난이라고 생각하며 실패에 연연하기보단 도려 경험으로 삼으며 다음 번에 긴장하지 않는 사람이 되었으면 좋겠다. 당신은 분명 완성된 삶을 살아갈 거고 반드시 성공할 테니 포기라는 단어는 떠올리지 않기를.

오직 성공이라는 단어만을 가슴속에 새겨 넣기를 바란다.

기억하자.
실패는 삶이 완성되어 가는 과정이다.

모든 사람에게
착한 사람일 필요는 없어

사람은 3가지의 분류의 성격으로 나뉜다고 생각한다. 자신보다 남을 챙기는 착한 사람, 착하지만 때론 나쁜 아수라 백작 같은 사람, 자신만 생각하는 이기적인 사람. 여기서 나쁜 사람만 주변 사람들에게 좋지 않은 소리를 듣는 것 같지만 그건 사실이 아니다. 착하게 살아도 좋지 않은 소리를 듣는다. 나쁜 사람은 누가 봐도 나쁜 행동을 하니 자연스레 좋지 않은 소리가 나오지만, 착한 사람은 주변에서 쉬운 사람으로 생각해 종종 마음에 이유 없는 상처를 남기기도 한다.

그러니까, 너무 착하게 살 필요도, 너무 나쁘게 살 필요도 없다. 딱 중간이 좋다. 어른들이 말하는 "뭐든 적당히가 좋아, 적당히 해."라는 말은 삶을 겪어본 사람의 진심 어린 교훈이 아닐까 생각한다.

착한 사람에게만 착하고 나쁜 사람에겐 나쁜 사람으로 산다면 호구라는 소리보단 강자에겐 강하고 약자에겐 약한 사람이라는 소리를 들으며 주변에서 칭찬을 해주고 모범적인 사람이라며 좋게 바라봐 줄 것이다. 이러한 상황을 생각하며 어떠한 태도로 삶을 살아가면 좋을지 판단해 보면 좋겠다.

어차피 인생을 착하게 살아도 좋지 않은 소리 듣고
나쁘게 살아도 좋지 않은 소리를 듣는다.
어떻게 살아도 좋지 않은 소리 들을 거면
조금은 이기적으로 살아도 되지 않을까?
착한 사람에게만 착한 사람이면 충분하다.

네가 남들에 비해 부족하다
생각하지 않았으면 좋겠어

사람마다 원하는 목표지점에 도착하는 시점은 다르다. 마치 올림픽 선수들이 제각기 역량을 발휘해 실력 차이가 나듯 말이다. 만일 각자의 실력이 동등했다면 이 세상에 자신의 목표를 위해 노력하는 사람은 없을 거라 생각한다. 노력을 하지 않아도 주변 사람들과 실력이 비등하니까 말이다.

주변에서 들려오는 '아빠 친구 딸' '엄마 친구 아들' 등 자신보다 월등한 존재인 것 같은 사람에게 비교된다고 자신을 갉아먹지 않았으면 좋겠다. 당신이 부족해서, 노력을 하지 않아서, 머리가 똑똑하지가 않아서가 아니라 단지 당신의 속도에 맞춰 나아가는 것이기 때문이다.

사람들은 나무늘보를 보고 느리게 행동한다고 생각하지만, 나무늘보는 느린 게 아니라 자신의 속도에 맞춰 살아가는 것이다. 누군가에겐 느린 모습일지라도 포기하지 않는 당신의 모습이 내겐 멋있게 비친다.

지금처럼만 살아간다면 언젠가 멋진 당신이 되고야 말 테니 타인과 비교하며 자존감을 잃지 않았으면 좋겠다. 당신은 남들에 비해 부족한 것도, 느린 것도 아닌 남들에 비해 섬세하게 목표를 향해 나아가는 것뿐이다.

나의 속도를 믿자. 우린 멈춰있는 것이 아니다.

너에게 힘든 순간이 찾아온다면
행복했던 순간을 떠올렸으면 좋겠어

나만 불행한 것 같은 기분이 들 만큼 힘든 시기가 생각지도 못하게 불쑥 찾아올 때가 있어요. 시련과 싸울 준비도 하지 않은 무방비한 상태로 다투느라 당신의 마음은 온전치 않겠죠. 이 세상이 무너진 것 같고 나에게만 비극을 주는 것 같은 그 기분 때문에요. 당신이 굳이 말하지 않아도 충분히 느낄 수 있습니다. 해맑던 얼굴과 행동이 어두운 얼굴과 행동으로 변해버렸으니 말이에요.

전 그렇게 생각합니다. 살면서 힘든 시간이 나를 계속 무너트리려 하지만 그 힘든 시간은 행복한 시간에 비해 적은 시간이고 우리는 살아가면서 눈물을 흘리는 시간에 비해 웃는 시간이 훨씬 많습니다.

또다시 벅찰 정도로 힘든 순간이 찾아온다면 행복했던 순간을 마구 떠올렸으면 좋겠습니다. 힘든 순간은 머지않아 끝이 나고 반드시 행복이 찾아올 테니까요.

우리가 앞으로 맞이하게 될 힘듦과 슬픔보단 행복과 기쁨이 더 많을 겁니다. 지금까지 그래 왔던 것처럼요. 조금 슬퍼하고 우울해도 좋습니다. 슬픔과 우울한 감정을 충분히 만끽하면 당신의 아픔은 자연스레 치유될 것입니다. 그러니 앞으로는 힘듦으로 인해 세상을 부정하고 원망하고 삶을 포기하려는 생각은 하지 않았으면 좋겠습니다.

여기, 생각지도 못한 행복이 당신을 기다리고 있습니다. 당신의 입가에 웃음꽃이 활짝 피어날 테니 힘들더라도 밝은 미래를 떠올리며 견뎌주세요. 조금만 더 참으면 됩니다.

당당한 인생을 살고 싶은 당신에게

돈뿐만 아니라 감정과 시간도
당신의 소중한 재산입니다

생을 살아가다 보면 수많은 인연을 마주하곤 합니다. 만약, 사람에 대한 거부감이 없이 모두 신뢰하며 살아간다면 자신에게 도움이 되는 사람과 해가 되는 사람을 구분하지 못할 거라 생각합니다.

이 과정이 반복되면 부질없는 사람들에게 미련이 생기고 그 사람에게 자신의 재산을 쏟으며 살아가게 됩니다. 사람들은 보통 그 사람에게 돈은 쓰지 않았으니 상관없다고 말합니다. 하지만 그 사람에게 시간을 쓰느라 해야 했던 일을 미루고, 그 사람의 감정에 맞추느라 소비한 감정 또한 소중한 재산이라고 생각합니다.

나 자신을 우선시로 생각하며 감정을 컨트롤 해야 하지만 타인으로 인하여 자신의 감정을 컨트롤 하지 못할 때가 있습니다. 기분이 좋은 날, 타인이 슬픈 이야기를 한다면 덩달아 울적하게 되고, 기분이 나빠도 슬픈 이야기를 하면 자신의 감정을 신경 쓰기보단 타인의 감정에 치우쳐 자꾸만 내 감정을 놓치게 됩니다.

그 사람이 진정 내 사람이라면 나중에 힘들 때 날 충분히 위로해 줄 테니 감정과 시간을 충분히 쏟아부어도 좋습니다. 하지만 부질없는 사람은 당신이 힘들 때 바쁘다는 핑계로 귀를 기울이지 않을 거라 생각합니다.

"그 사람이 나쁜 사람인지 좋은 사람인지 어떻게 알 수 있겠어?"라고 묻는다면 그 사람에게 조그마한 선물을 해보는 게 좋습니다. 좋은 사람이면 그 선물에 보답할 거고 나쁜 사람이면 그 선물에 다른 선물을 더 바랄 겁니다.

이기적인 사람이 아닌 당신을 진심으로 생각해주는 사람에게만 감정과 시간을 사용해 주세요. 돈만이 재산이 아닌 시간과 감정도 당신의 재산입니다. 부질없는 사람에게 당신의 재산을 부질없게 쓰지 않았으면 좋겠습니다.

힘들다면 하루 정도는
쉬어가도록 해요

　바쁘게 살아가는 당신이 멋있게 보이지만 하루도 여유로운 삶을 즐기지 못하고 편안히 쉬어가지 못하는 모습이 때론 힘겹게 느껴지기도 해요. 원하는 미래를 그리기 위해 그런 고생을 하는 거겠지만, 인생의 시간 중 하루라는 시간을 쉰다고 삶이 틀어지진 않아요. 그러니 '나 쉴 때 남들은 열심히 하겠지'라는 생각보단 하루 정도는 쉬는 여유를 가져보세요. 하루하루가 너무 소중해서 의미 있고 알차게 보내려는 당신의 마음은 잘 알지만, 열심히 달리기만 하기엔 인생은 짧으니 가끔은 쉬어가도 좋아요.

쉬는 동안 남들이 날 추월하겠지라는 생각을 역으로 해보면 당신이 열심히 하는 동안 남들이 지쳐 쉴 때도 있는 것이에요. 그동안 남들이 쉴 때 쉬지 않고 열심히 살아온 당신. 정말 많이 힘들었잖아요. 여태 많이 쓸쓸했잖아요. 그러니 아무런 생각하지 말고 하루 정도는 당신이 하고 싶은 것들을 하며 쉬었으면 좋겠어요.

고생했어요. 그간 홀로 많은 걸 견뎌내느라.
지금은 우리 잠시 쉬어가도록 해요.
당신, 많이 지쳐 보여요.

자신의 인생이 재미가 없다면
남 이야기를 하며 살게 된다

　사람들과 대화를 나눌 때 자신의 이야기가 아닌 남의 이야기를 즐겨 하는 사는 사람이 있다. 남 이야기를 할 때 주변 사람들에게 타인의 좋은 부분만 이야기하면 상관없겠지만, 꼭 한 사람을 씹고 뜯고 맛보고 즐기는 사람이 있다.

　그렇게 주변 사람들 앞에서 한 사람을 헐뜯으며 공감을 살려고 하는 이유는 자신의 삶에는 재미 요소와 대화 소재가 없기 때문이다. 이런 삶을 산다면 타인에게 공감을 받기보다는 좋지 않은 시선을 받거나 언젠가 누군가에게 사이다 발언을 들을지도 모른다.

이런 안 좋은 상황을 초래하며 상처받기보단 자신의 삶을 가꾸며 재미있게 만들었으면 좋겠다. 사소한 부분에서 기쁨을 느끼고 취미를 만들며 자신의 삶을 즐겁게 만들어간다면 타인의 삶을 신경도 쓰지 않을 거라고 생각한다. 아니, 신경쓸 겨를이 없다고 생각한다.

타인과 대화를 나눌 때 자신의 이야기를 한 바가지 쏟아부어도 더 붙고 싶은 마음. 남의 이야기가 재밌는 대화의 소스가 아닌 당신의 인생 이야기가 재밌는 대화의 소스가 되었으면 좋겠다.

자신의 인생이 재미가 없다면
남 이야기를 하며 살게 된다.
남의 뒷담을 하며 살기보단
자신의 삶을 재미있게 만들었으면 좋겠다.

타인의 시선을 두려워하지 말고
하고 싶은 걸 하며 살았으면 좋겠어

처음 인스타그램에 글을 적을 때 지인들은 나에게 "오글거려, 토 나와, 안 어울려, 네 주제에 무슨 글이야." 같은 좋지 않은 반응을 보이며 쓴소리와 함께 내 곁을 떠났다.

주변 사람에게 좋지 않은 소리를 들으며 마음이 아픈 사람을 글로 치료해 주자는 희망이 깊은 해수면 아래로 가라앉았다.

"내가 글 쓰는 게 그렇게 꼴 보기가 싫은가?"

"내가 좋아하는 글을 앞으로도 계속 적어 나아간다면 결국 내 곁에는 아무도 남지 않아 외로울 텐데 괜찮을까⋯."

나는 홀로 많은 생각에 잠겼다. 부정적인 생각이 머릿속을 뒤덮어 갈 때 평소와 같이 직장에 출근해 업무를 처리하는데 사장님과 과장님이 "야, 너 요즘 왜 그렇게 인스타에 글을 적냐 안 어울리게"라고 내게 상처를 주는 말을 하셨다.

그 사람들은 국어국문학과를 전공한 전문적인 사람이 적는 글을 진정한 글이라고 인지를 하는 것 같았다. 그 말을 듣고 속상해하고 있었을 때 직장 후배가 내 곁에 다가와 "제가 보기엔 좋던데요? 글 좋아요. 앞으로도 적어주세요."라는 말을 건넸다. 직장 후배의 말 한마디에 사장님과 과장님은 더는 말을 이어 하지 않았고 나 또한 부정적인 생각을 멈출 수 있게 되었다.

이렇게 생각해주는 사람이 단 한 사람이라도 있어 나는 글을 포기하지 않고 꾸준히 아픈 사람들을 위해 쓸 수 있었다. 그렇게 한 달, 일 년, 일 년 반이라는 시간 동안 글을 적다 보니 운이 좋게 출간이라는 기회를 얻어 출간을 하게 되었다.

만약 타인의 말에 휘둘렸다면 난 이러한 기회를 잡지 못했을 것이다.

행복한 감정에 젖어가고 있었을 때 나의 글을 보고 핀잔을 주던 지인과 친구들이 내게 다시 연락을 해왔다. 과연 어떠한 말을 할까 봐 의문점이 들었지만, 예상외로 모두 똑같은 말을 내뱉었다.

"거봐 내가 너 된다 했지? 내가 너 글 잘 쓴다고 했지?"

그 말 뒤에 나온 말은 "그래서 나 공짜로 책 줄 거지?"라는 말이었다. 그 말을 듣고 사람들은 잘 되면 다 자기 때문이라고 말하고 자기가 기억하고 싶은 대로 기억한다는 걸 깨달았다. 난 그런 연락을 한 사람들을 망설이지 않고 정리했다.

사람들은 자기가 기억하고 싶은 부분만 기억하고 주변 사람이 잘 되면 자신의 공으로 돌리곤 한다. 그리고 잘 된다면 그 사람에게 물질적인 보상심리도 발휘하는 것 같다. 정말 진심으로 그 사람이 잘 된 모습이 보기 좋다면 내가 잘 된다 했지, 나 공짜로 줄 거지?가 아닌 "고생했어"라는 따스한 말과 함께 말없이 그 노력의 결실을 구매하지 않을까 생각한다.

이런 일이 세상에서 나에게 아직 더 성장하라는 메시지를 마음속으로 전달해 주는 듯했다. 더는 사람에 속지 말라고, 주변 사람에 의해 무너지지 말라고, 넌 네가 하고 싶은 대로 살아가면 된다고 하듯 말이다. 주변의 시선을 살피며 살아가는 내가 아닌 오롯이 자신만을 생각하며 살아가는 삶이 성공의 발판이라고 생각한다.

그러니 주변 사람들이 부정적인 생각을 하게 만들더라도 어차피 끊어질 인연 너무 신경 쓰지 말고 자신이 하고자 하는 일을 모두 도전하며 성장하는 삶을 살았으면 좋겠다. 그들은 우리가 얼마나 외로운 길을 걸었는지 모른다.

꼭 남이 잘되면
자신 탓으로 돌리더라
거봐, 내가 된다 했지?

남들에게 비추어진 모습을
걱정하며 살아가지 말아요

    주변 사람들에게 '과연 어떻게 비추어질까'라는 생각을 자주 하는 사람이 있습니다. 그런 사람은 타인에게 좋지 않은 모습으로 비추어지기 싫고 '오늘의 난 사람들에게 실수하지 않았을까?' '남들에게 좋은 기억으로만 남고 싶은데 그 사람에게 난 어떤 사람일까?' 같은 생각을 하며 홀로 타인 앞에서 의기소침해져서 하고자 하는 말과 행동을 늘 조심스럽게 해 자신의 본 모습을 가면 뒤에 감춘 채로 살아갑니다.

이런 마음을 가지고 살아가다 차후에 가면을 쓰는 것에 대한 불편함을 느껴 본 모습을 내보인다면 당신에게 변했다는 반응을 보일 겁니다. 그런 반응을 보이는 이유는 당신의 꾸며진 모습을 좋아했던 사람이기 때문입니다. 인생은 당신의 꾸며진 모습을 좋아해 주는 사람이 아닌 당신의 본 모습을 진정으로 좋아해 주고 아껴주는 사람과 함께해야 합니다.

가면을 쓴 상태로 타인을 상대하는 그 자리는 하고 싶은 말과 행동도 자유롭게 하지 못하고 타인에게 맞춰진 모습이기에 그 사람들은 당신의 가면을 좋아하는 것이라고 생각합니다. 당신도 그 가면을 오랜 시간 쓰고 있기엔 답답함을 느낄 수 있기에 굳이 타인에게 비추어지는 모습을 상상하며 당신을 인위적으로 꾸며내지 않았으면 좋겠습니다.

당신의 본 모습이 못나 보일까 걱정이 된다면 아침에 거울을 바라보며 나를 다독이는 생각을 했으면 좋겠습니다.

"예쁘네." "오늘도 잘생겼네."

거울에 비추어진 나를 바라보며 칭찬을 해주고 타인에게 잘 보이려 애쓰지 않은 채 자기 자신을 사랑해 준다면 분명히 당신의 본모습을 좋아해 주는 사람이 다가올 겁니다.

진정한 인간관계를 형성하고 싶다면 누굴 만났을 때 걱정과 불편함을 느끼기보단 사람을 만나는 게 즐겁고 함께 나누는 소통이 편해져야 합니다. 그러니 앞으로는 타인에게 맞춰진 당신이 아닌 본연을 모습을 여실히 드러내는 당신이 되었으면 좋겠습니다.

남들에게 비추어진 당신의 모습이 걱정이라면
거울에 비추어진 당신의 모습을 떠올려 보세요.
그리고 이렇게 말하는 거죠.

"오늘도 예쁘네. 오늘도 잘생겼네."

아직 펼쳐지지 않은 미래에 대해서
힘들어하지 않았으면 좋겠어요

한 치 앞이 보이지 않는 미래에 관한 걱정에 사람들은 내가 가고 있는 방향이 옳은 건지 틀린 건지 가늠을 하지 못한 채로 살아간다. 학생뿐만이 아니라 나이 상관없이 모든 사람이 자신의 미래에 대해 걱정을 하며 살아가는 것이다. 주변에서 말하는 "너 커서 뭐 될래?" "너 나중에 뭐 하고 살 거냐?"라는 소리와 함께 공무원이 안정적이고 좋다 '사' 자 직업이 좋다는 사람들의 인식으로 자신의 직업과 꿈과 포부를 당당하게 이야기하지 못하고 숨기며 살아간다.

사람마다 가고자 하는 방향성과 꿈이 있기에 그 부분에 대해서 많은 노력을 하면서도 자기 스스로 '내 미래는 과연 어떨까?'라는 의문을 던진다. 그런 생각 때문에 미래를 보고 싶다는 생각을 종종 할 테다. 난 당신이 그런 생각을 하지 않았으면 좋겠다. 만일, 당신이 미래를 본다면 "어차피 미래는 정해져 있으니까 대충 살래"라는 생각을 가지게 될지도 모른다. 지금 당신이 노력하고 최선을 다하는 만큼 미래는 당신에게 보답할 것이다.

나는 당신이 밝은 미래를 향해 무거운 발걸음을 한 발자국씩 내디디고 있다는 걸 알았으면 좋겠다. 어두운 복도에서 센서등이 당신이 움직일 때마다 하나하나 켜져 길을 환하게 만들어주듯, 당신의 삶에 센서등이 하나씩 켜지고 있는 중이라고 생각하면 조금이나마 답답한 마음이 사라질 것이다. 지금까지 충분히 노력했고 충분히 열심히 살았던 당신이기에 포기하지 않고 꾸준히 노력한다면 당신의 미래는 화창한 봄날이 되어있을 거다.

타인에 비해서가 아닌 당신이 할 수 있는 부분에서 최선을 다하고 있기에 당신의 노력은 그 누구보다 멋있게 비추어진다. 그러니 절대 미래에 대한 걱정 때문에 무너지지 않았으면 좋겠다.

　당신의 불은 여전히 켜지고 있다.

누군가가 너를 미워한다고
너 자신을 미워하지 않았으면 해

누군가가 너를 미워한다면 나는 왜 이럴까 하며 너 자신을 미워하기보다는 널 미워하는 사람을 미워했으면 좋겠어. 네가 잘못을 해서, 이상해서 미워하는 게 아니라 그 사람이 널 이해해 주지 않는 것뿐이라고 생각해. 그 사람이 널 미운털이 박힌 사람으로 바라본다고 할지라도 너 자신을 미워하거나 타인의 시선으로 인해 흔들리면 안 돼.

굳이 모든 사람에게 사랑을 받으며 살아갈 필요는 없는 것 같아. 너뿐만 아니라 아무리 좋은 이미지를 갖춘 연예인 일지라도 모든 사람에게 사랑을 받지는 못하니까 말이야. 사람들은 자신보다 인기가 많거나, 돈이 많거나, 능력이 좋거나, 외모가 월등하다면 그 사람을 시기하며 열등감을 가지곤 하는데 그래서 미워하는 사람을 왜 미워하는지 이유를 말하지 못하곤 해. 대답하지 못하는 이유는 열등감 때문에 상대방을 미워하는 자기 자신이 창피하기 때문이지 않을까?

열등감으로 이루어진 미움을 받지 않기 위해 노력하기보단 너도 그 사람을 그냥 미워하면 좋겠어. 네가 미움을 받는 이유는 널 좋아해 주는 사람들을 만나기 위한 과정이라고 생각해주면 좋겠어.

난 네가 타인의 미움이라는 감정에 위축되지 않았으면 좋겠어. 아무런 잘못 없이 미움을 받는다면 차라리 우리도 상대방을 미워하자.

편견을 가지고 상대방을
바라보면 안 됩니다

색안경이란 상대방의 행동에 편견을 가지고 바라보는 것을 뜻합니다. 삶을 살아가다 보면 주위에 색안경을 낀 사람이 종종 보이는 것 같습니다. 어떠한 사람의 언행, 행동에 대해서 사소한 부분부터 전체적인 부분까지 좋지 않게 생각하는 것이죠. 그 사람이 좋은 생각과 언행, 행동을 보여주어도 말이에요.

상대방이 잘못한 행동도 없는데 자기 마음에 들지 않는다는 이유 하나로 질투와 시기에 뒤덮여 색안경을 끼고 자기 자신만 미워하긴 싫다는 생각에 제 3자에게 가서 그 사람을 이 간질하곤 합니다. 이런 이간질을 듣고 보통 사람들은 "아, 그 래? 그렇게 안 느껴지는데?"라고 자기의 주관을 지키지만, 간 혹 "아 정말? 네가 싫어하니까 나도 싫어할래" 하며 똑같이 색안경을 끼고 죄 없는 상대를 싫어하는 사람도 존재합니다. 저는 그로 인해 따돌림이 시작된다고 생각합니다.

색안경을 끼는 사람이나 준다고 받아쓰는 사람이나 똑같은 것 같습니다. 그렇게 타인을 앞뒤에서 좋지 않은 시선으로 바 라보게 되면 그 시선을 받는 상대는 아무런 이유 없이 자신을 싫어하는 사람으로 인해 큰 상처를 받고 점점 더 타인의 시 선을 의식하며 사소한 것에도 신경을 쓰기 시작해 관계에 대 한 불편함을 느끼며 소통을 두려워하는 사람이 될 것입니다.

매사에 긍정적이고 밝던 사람이 그렇게 소극적인 성격으 로 변한 모습을 보며 색안경을 쓴 사람은 드디어 쟤 소심해 졌다며 웃을지도 모르겠지만, 차후에 그런 사람들로 인해 좋 지 않은 선택을 하게 될지도 모른다는 생각을 가지고 행동했 으면 좋겠습니다.

학교폭력, 직장 내 괴롭힘 등 수많은 사건 사고들의 가해자를 욕하던 사람에서 자신도 모르게 가해자가 될지도 모릅니다. 사소한 색안경으로 인한 언행, 행동이 타인에겐 큰 상처가 될 수도 있으니까 말입니다.

그러니 타인을 바라볼 때 색안경을 끼지 않고 바라봐 줬으면 좋겠습니다. 그 누군가도 당신을 색안경을 끼고 바라볼 수 있으니 '나만 아니면 돼'라는 생각은 버려야 합니다.

"사람은 뿌린 대로 거둔다."라는 말이 있듯, 편견에 가려진 채로 무지하게 살아가지 않았으면 좋겠습니다.

색안경을 쓰는 놈이나
준다고 받아쓰는 놈이나
똑같습니다.

타인이 잘 되는 모습을
응원해 주는 당신이 되기를

　나이를 불문하고 자신에 비해 빠른 속도로 노력의 결과를 얻은 사람이 주위에 몇몇 보일 겁니다. 그 사람을 홀로 고충을 떠안고 실패를 하더라도 끝까지 포기하지 않고 최선의 노력을 다한 사람으로 보는 이도 있지만, 운으로 성공했다며 성공을 배 아파하는 사람도 있습니다. 그 자리에 도달하기 위해 끊임없는 노력을 한 그 사람의 피땀 눈물은 무시한 채, 자신은 시도조차 하지 않았으면서 쉽게 능력과 위치를 시기하는 것이죠.

과연 타인이 잘 된 것에 배 아파하는 게 맞는 행동일지, 지금까지 자신이 하고자 하는 부분에 대해서 그 사람처럼 최선을 다했고 열정을 쏟아부었는지 다시금 생각해 봐야 합니다. 어떠한 도전이든 노력 없이 얻는 성과물은 없다고 생각합니다. 배 아파하는 사람의 특징적인 언행은 "쟤 집이 잘 살잖아, 분명 부모님이 도와줬을걸?" "시기가 좋았네. 운이 좋았네." "쟤 지인 중에 잘나가는 사람이 있어." 등 그 사람의 노력으로 이룬 성과가 아닌 주변의 도움을 받아 운이 좋아서 이룬 성과라 이야기합니다.

그 사람이 운이 좋아서, 집안이 좋아서 성공한 게 아니라 보통 사람들보다 목표를 이루기 위해 더 많은 노력을 하고 좀 더 간절하게 임했기 때문에 높은 위치에 올라설 수 있었다고 저는 생각합니다. 빠르게 성공한 사람이 부럽다고 느껴지겠지만, 누군가는 질투하는 당신을 바라보며 배를 아파할 겁니다. 개개인이 느끼는 사람의 위치가 다르기에 부러운 사람에 대한 열등감으로 누군갈 시기하는 게 지금의 우리입니다.

그러니 잘나가는 사람을 바라보며 열등감을 느끼는 것보다 '저 사람도 했는데 나도 할 수 있어'라는 생각을 토대로 나에게 동기부여를 주는 사람이라고 생각했으면 좋겠습니다. 모든 사람이 같은 시기에 성장하고 성공했다면 아마 전 세계 사람들이 만수르처럼 부유한 삶을 살아가지 않을까 싶습니다.

각자에게 쥐어진 시기가 있고 그 시기는 각자의 노력과 절실한 마음으로 만들어집니다. 그러니 타인을 바라보며 배 아파하는 감정을 가지는 것보다는 노력하면 불가능은 없다는 생각을 가지길 바랍니다.

열등감을 연료로 사용하는 사람이
결국 승리를 쟁취합니다.

상대방에 대한 기본적인
예의가 필요합니다

반말과 존댓말의 차이점은 상대방과 친하다, 친하지 않다 혹은 나이가 나보다 많다, 어리다가 아닌 상호 간의 기본적인 예의의 차이라고 생각한다. 상대방을 존중하고 배려해 준다면 아무리 나이가 어리더라도 존댓말을 하기 마련이니까 말이다.

예를 들면 식사하는 곳에서 어르신들이 주문하실 때 "이거랑 이거 주시겠어요?" "감사히 잘 먹었어요"라고 하시는 말씀을 들으면 정말 어르신의 나가시는 뒷모습에서 아우라가

풍길 정도로 멋있게 보인다. 어릴 적부터 그런 모습이 멋있게 느껴져 나 또한 모든 사람에게 존댓말을 사용했다. 내가 나이가 많더라도, 나보다 어린 꼬마 아이일지라도 늘 상대를 배려하고 존중하는 게 습관이 되어 늘 상대방이 "먼저 우리 말 놓을까?"라는 말을 건네기 전에는 반말보단 존댓말을 사용했다. 그런 삶을 살아가다 보니 최근에 늘 서로에게 존대를 해주며 자주 인사를 나누던 편의점 아르바이트생이 "저, 이거 서비스에요! 치킨 꼬치 하나 가져가세요!"라고 나에게 호의를 베풀었다. 나는 그때 느꼈다.

'가는 말이 고와야 오는 말이 곱다는 게 이런 거구나!'

배우 이정재 님과 정우성 님은 동갑이자 오래된 친구라고 소문이 자자하지만 20년이 지난 시점에서도 서로에게 정재 씨, 우성 씨라고 존댓말을 한다. 서로에게 존댓말을 하는 이유는 친한 만큼 서로를 배려하고 오랜 벗이 되기 위해서라고 한다.

이런 상황을 바라볼 땐 존댓말의 아름다움이 느껴지지만, 가끔, 인상을 찌푸리게 하는 사람도 있다. 편의점에서 돈을 던지는 사람, 주문을 반말로 하는 사람, 술에 취해 길거리에서 소리치며 반말하는 사람들 말이다. 난 다툼은 싫어하지만 그러한 모진 사람들에겐 "저기요. 아무 데나 반말하지 마세요"라고 언질을 주는 편이다. 그런 사람은 나의 말을 듣고 화를 내기보단 민망해하는 편이다. 자신의 잘못을 인지했기 때문이다.

그렇다고 모든 사람에게 존댓말을 하라는 게 아니다. 그냥 나이를 제외하고 자신과 약간의 거리가 있다면 최소한의 예의는 지키며 행동해야 한다는 것이다. 모든 사람은 누군가에게 귀중하고 고귀한 사람들이고 반대의 입장이 되어본다면 충분히 기분이 상하는 상황이기 때문에 나부터 존댓말을 사용해야 한다.

누군가에게 존중을 받는 사람이 되고 싶다면 상대방에 대한 기본적인 예의를 습관화하도록 노력하자.

변하기 위해선 지금보다
더 많은 노력을 해야 한다

　사람들은 자신의 어떤 부분을 상대방이 좋지 않게 바라보거나 지적을 할 때 상대방에게 "내가 노력해서 고칠게"라는 말을 하곤 한다.

　노력으로 안 되는 건 없다는 말이 있다. 진심으로 상대방을 위해 고치려고 노력한 사람은 좋지 않은 부분을 고치겠지만, 대다수 사람은 고치려는 노력조차 하지 않고 말로만 늘 고친다고 이야기를 한다.

우스갯소리로 화장실에 가서 변을 할 때조차 힘을 주고 노력을 해야 하는데, 단점을 고치기 위해선 끊임없이 노력하고 의지가 확고해야만 변할 수 있다. 초등학생 때 난 대통령이 될 거야, 난 가수가 될 거야 등 여러 가지 좋은 직업을 생각하며 꿈을 이야기하지만, 노력하지 않는다면 아무것도 이룰 수 없듯, 사람의 단점도 그렇다고 생각한다.

만일 상대방이 좋은 부분을 고치라고 한다면 잘못이겠지만 좋지 않은 부분을 상대방이 지적해서 그 부분을 노력해서 고친다면 본인에게 해가 되는 일은 절대 없다고 생각한다. 오히려 도움이 되고 성장하는 계기가 되지 않을까.

예전에 한 친구가 내게 "넌 다 좋은데 카톡 할 때 맞춤법이랑 띄어쓰기 좀 해줘. 답답해서 미칠 거 같아."라고 말을 한 적이 있다, 난 그 말을 듣고 친구에게 "친구끼리인데 뭐 어때?"라는 말을 하는 게 아닌 내가 노력할 수 있도록 조금만 기다려달라는 말을 했다.

나는 그 말을 바로 행동으로 옮겨 틀리기 쉬운 맞춤법, 띄어쓰기 초등학교 때 배우는 기초적인 것들을 공부했다. 그 노력으로 인해 결국 맞춤법과 띄어쓰기를 조금씩 이해하게 되었고 나에게 지적을 했던 친구에게 맞춤법을 알려주는 단계까지 성장했다. 이처럼 사람은 지속적으로 성장을 하며 자란다. 그 자리에서 머무르는 동물과 다르게 노력으로 그 자리에서 더 높이 성장할 수 있는 게 사람이다.

사랑하는 사람에게 실망감을 안겨주지 않기 위해선 말로만 내가 변한다고 하는 사람이 아닌 행동으로 보여주려 노력하는 사람이 되어야 한다. 소중한 사람들을 잃지 않기 위해선 더욱 노력해야 한다.

좋지 않은 부분을 고치려는 의지만 있다면 불가능이란 존재하지 않을 거다. 가능한 일과 불가능한 일의 판단은 스스로의 결정으로 시작되는 일이라는 점을 꼭 인지하며 우리 더 좋은 사람이 되기 위한 노력을 시작해보자.

사람은 쉽게 변하지 않는다.
그러니 보다 더 많은 힘을 줘야 조금이나마 변할 수 있다.

인생에서 가장 부질없는 행동

1. 무조건 참아주며 희생적인 삶을 살아온 것

2. 타인의 시선을 의식하며 살아온 것

3. 내 인생보다 타인의 인생을 걱정한 것

4. 지나간 일에 후회하며 아파한 것

5. 사랑하는 사람에게 자존심 부린 것

6. 일어나지 않은 일을 걱정하고 무서워한 것

7. 연애에 너무 헌신적으로 목숨 걸었던 것

8. 값비싼 물건을 무리해서 구매했던 것

9. 사랑이나 인간관계가 영원할 줄 알았던 것

10. 사람을 의심하지 않고 너무 믿었던 것

솔직함과 무례함의 차이점

"난 솔직한 사람이라서 거짓말 같은 거 못해"라는 말을 하는 사람은 인지하지 못하는 부분이 있다고 생각한다. 상대방에게 솔직함이라며 내뱉은 그 말은 예쁜 포장지에 숨겨진 무례함이라는 걸 말이다.

솔직함이란, 사람에 대한 마음 고백이나 자신의 잘못을 인정하는 것처럼 자신의 속마음을 타인에게 드러내는 것이라고 생각한다. 반면에 무례함은 자신의 잘못이 아닌 타인의 잘못을 도려 들춰내는 것이라고 생각한다. 상대방에게 무례함을 보이지 않기 위해 모든 상황에 거짓된 말을 하며 피노키오 같은 삶을 살아간다면 문제를 일으킬 수 있겠지만, 때로는 선의의 거짓말이 필요하다고 생각한다.

상대방의 기분이 좋지 않을 때, 희망이 담긴 도전을 할 때, 새로운 연애를 시작할 때, 서운한 마음의 고충을 털어놓았을 때 등 여러 가지 안 좋은 상황 속에서 대부분의 사람이 선의의 거짓말을 하는 것처럼 말이다.

예를 들어 "오늘 이런 일이 있어서 속상했어"라는 말을 한다면 선의의 거짓말을 하는 사람은 상대방의 잘못 때문에 벌어진 일이라도 "속상했겠다. 고생했어."라는 따스한 말을 건네주지만 무례한 사람은 "야 그건 네가 잘못한 건데 왜 네가 속상해? 그건 명백하게 짚고 넘어가, 네 잘못이 커."와 비슷한 대답을 한다. 그 말에 당사자는 기분이 상해 "내가 잘잘못을 따지는 게 아니라 단순히 공감과 위로를 바란 거야."라는 말을 한다면 "난 솔직한 사람이라 거짓말은 못 해주겠다. 네가 잘못한 거니까 널 위해서 이야기해준 거야."라는 답을 한다. 그게 과연 솔직함일까? 상대를 위한 배려일까?

무례함은 솔직함과 배려라는 포장된 말에 숨겨진 칼날이

아닐까 생각한다. 우리 모두 각자 생각하고 행동하는 부분이 다르지만 솔직함이라는 포장지에 감춰진 무례함은 모든 사람이 공통적으로 싫어한다고 생각한다.

솔직해서 어쩔 수 없다고 말하는 사람들에게 어릴 적에 거짓말을 단 한 번이라도 안 해봤는지 자신을 보호하기 위해서 단 한 번이라도 안 해봤는지 묻고 싶다. 거짓말을 못 하는 사람은 없다고 생각한다. 단지, 하고 싶지 않아서 하지 않을 뿐.

그러니까 "난 솔직한 사람이라 말 가려서 못해!"라는 말은 단순히 핑계에 불과하다. 상대방에게 무례한 사람으로 비추어지지 않기 위해선 상대방이 힘들어할 때만이라도 선의의 거짓말을 사용하는 연습을 하도록 하자.

가끔은 그래도 된다.

모든 관계에는 갑과 을이 존재할까?

삶에서 갑과 을로 나뉘는 관계가 많다. 연애에서는 조금 더 사랑하는 사람이, 친구 사이에선 인간관계의 끈을 홀로 잡고 있는 사람이, 삶에 있어선 낮은 위치에 있는 사람이 을이 된다. 을의 입장에서 살아가는 우리는 사람을 놓치고 싶지 않아서, 그 사람이 나에게 가치가 있어서 힘들게 노력하고 애쓰며 관계를 이어가고 있다.

나는 갑과 을로 나뉘어 홀로 애쓰는 관계를 정말 끊어지지 않게 하려고 노력하며 살아가는 게 맞을까? 라는 생각을 종종 한다.

갑이 을에게 갑질을 하며 상처를 입히는데 그 상처를 견디며 애쓰기만 하는 관계는 오랜 시간 지속할 수 없다. 갑과 을로 나뉘는 관계로 긴 시간을 이어가는 사람은 나이가 들더라도 매한가지라고 생각한다.

모든 관계는 서로에게 힘이 되어주고 행복함을 나누기 위해 존재한다. 홀로 관계의 끈을 놓치지 않으려 고통을 받는 건 좋은 관계가 아니다. 그렇게 갑과 을이 철저하게 나뉘는 관계는 과감하게 잘라버려야 한다. 인간관계를 개선하기 위해 갑이 주는 상처를 감당하며 홀로 노력하기보단 관계의 끈을 잡고 있던 상처가 가득한 당신의 손을 어루만져 주는 동등한 위치에 서주는 사람을 만났으면 좋겠다.

'그렇게 좋은 사람이 어디 있겠어?'라며 내 주변에는 절대 그런 사람이 나타나지 않을 거라는 생각은 하지 않았으면 좋겠다. 당신에게 충분히 좋은 사람이 다가올 거라 나는 장담한다. 사람은 좋지 않은 경험으로 교훈을 얻는다. 지금까지 을의 입장으로 살아가며 갑의 횡포를 감당하며 살아왔기 때문에 그런 경험이 이 사람이 착한 사람인지 착한 척하는 사람인지 구별할 수 있는 선구안을 만들어주었을 것이다.

그러니 홀로 애쓰는 관계로 더는 상처를 받지 않도록 다가오는 모든 사람을 반기기보단 상대방과의 적당한 거리를 두며 천천히 다가가면 좋겠다. 당신에게 힘이 돼주는 사람인지 힘을 들게 하는 사람인지 확인을 하며 말이다. 고통스러운 관계는 언젠간 끊기겠지만, 힘이 되어주는 사람은 평생 당신 곁을 지켜줄 것이다.

이제는 상처받는 관계에 미련을 두기보단 상처 입은 마음을 따스하게 감싸주는 당신과 동등한 위치에 서주는 사람을 기다리도록 하자.

당신은 그럴 자격이 된다.

아픔이란 세상에서 주는
잔혹하지만 따스한 선물이다

정신적으로나 심적으로 고통스러워 가슴이 미어질 때 아픔 속에서 허우적거리다 감정의 물결이 파도가 되어 몰아치면 우린 아픔이라는 늪에 빠지곤 합니다. 상처를 좋게 생각하는 사람은 없기에, 이러한 아픔을 씻겨내는 것에 경험이 없기에, 부정적인 생각에 갇혀 슬픔이라는 감정을 주체할 수 없어 눈물을 흘리기도 합니다.

슬픔이 마음속에 찾아온다면 충분히 슬퍼하고 많은 눈물을 흘려도 좋습니다. 그동안 참아왔던 감정들이 눈물로 씻겨 내려가는 거니 울어도 됩니다. 다만, 그 기간이 길어지지 않았으면 좋겠습니다.

아픔이란, 당신을 성장시키기 위해 세상에서 주는 잔혹하지만 따스한 선물이라고 생각합니다. 선하디선한 당신이 감당치 못할 정도의 상처를 차후에 입을까 봐, 그로 인해 무너지게 될까 봐, 세상에서 당신이 감당할 수 있을 정도의 작은 상처를 주는 것이라고 저는 생각합니다. 흐물흐물한 여린 마음을 단단한 마음으로 만들어주는 세상의 선물 말이죠.

그러니 삶에서 불행을 마주한다면 암울한 생각으로 "세상아, 나에게 왜 이러한 시련을 주는 거야. 도대체 나한테만 왜 그래?"라는 생각보다 "세상아 넌 내가 상처로 무너지지 않았으면 좋겠구나? 고마워."라는 강단을 가져줬으면 좋겠습니다.

현시점에서 성공한 삶을 살아가시는 분을 바라보면 처음부터 성공한 삶이 아니라 한 번쯤 힘든 시기가 있었다고 이야기합니다. 다들 알고 계시는 백종원 선생님도 첫 시작은 아르바이트로 시작해 열심히 돈을 모아 아르바이트를 하던 가게를 인수하였고, 그 가게가 망하게 되어 힘든 시기를 보냈지만 망연자실하며 포기하기보단 고충을 경험 삼아 또다시 도전하여 지금의 자리까지 오게 되었다고 합니다. 그 과정으로 현재는 그 누구보다 큰 영향력이 있는 분으로 성장하셨죠. 힘든 시기를 계단 삼아 도약하셨기 때문에 높은 위치에 도달할 수 있었다고 생각합니다.

그러니 앞으로 힘든 일이 생기더라도 슬픔이 오랜 시간 당신의 곁에 머물지 않았으면 좋겠습니다. 그 슬픔으로 당신은 성장하게 될 테니 힘든 상황을 맞이했을 때 부정적인 생각을 하기보단 할 수 있는 최대의 긍정을 떠올렸으면 좋겠습니다.

그 고충이 차후엔 흑역사가 아닌 내게 인생을 알려준 좋았던 기억으로 남을 테니 말이에요.

이해를 하려 하기보단
존중을 해준다면 좋겠습니다

　서로의 생각을 나누고 생각의 차이를 수긍하며 이해해 준다면 좋겠지만, 사람들은 습관적으로 "아니"라는 말을 내뱉습니다. 상대방의 생각이 자신의 기준점에 맞지 않는다면 상대방의 의견을 틀렸다고 생각하는 것이죠. 생각의 틀에 박혀 타인의 생각을 부정한다면 건강한 대화를 이어가기 힘들어집니다.

　저 또한 글을 적기 전에 부정적인 말을 많이 듣고 자라왔습니다. 제가 습관적으로 했던 "음···. 약간 뭐랄까"라는 말을 통해 상황에 맞는 비유를 하며 생각을 말하면 주변 사람들은 제게 "애 또 이상한 소리 하네"라고 말했습니다. 그런 말을 주변 사람에게 들었을 때 '정말 내가 틀린 건가'라는 의문점과 함께 또다시 주변에서 내 이야기를 무시할 것 같은 두려움으로 타인에게 무언갈 말하는 걸 꺼리게 되었습니다.

그로 인해 마음속 이야기를 글로 옮겨 적게 되었고 그러다 보니 속 깊은 이야기를 읽어주시는 우리 독자님들이 하나둘 곁에 다가와 주셨습니다. 그들은 늘 제 글을 공감해 주시고 칭찬해 주었습니다. 여태 전 제 생각을 말하지 않고 마음속에 꽁꽁 숨겨 놓고 살아왔지만, 주변 사람들의 응원을 받고 칭찬을 받으니 자연스럽게 이야기를 하는 게 좋아졌고 이렇게 에세이 작가라는 타이틀도 가지게 되었습니다.

누군가의 의견이 자신의 틀에 어긋난 생각이라 "그거 아니야"라고 단정 짓기보단 내 생각이 틀렸을지도 모른다는 생각을 한 번쯤 해주셨으면 좋겠습니다. 무슨 이야기를 하든 틀렸다고 하는 상대방의 말이 얼마나 오랫동안 마음속에 남는지 당해보지 않으면 모릅니다.

자신의 생각이 옳다는 생각이 들듯 상대방도 자신의 생각이 옳다는 생각을 합니다. 각자가 생각하는 기준과 깊이가 다르기 때문입니다. 누군가는 상대방의 생각이 틀렸다고 생각하더라도 또 다른 누군가는 "그렇게 생각할 수도 있구나"라고 답변을 하거나 "네 말이 맞아"라며 응원과 답변에 동요해 주는 반응을 내보입니다. 상대방의 생각을 존중하기 때문에 그렇게 행동하는 게 아닐까요.

그러니 상대방의 생각이 틀린 것 같아도 확신이 없으면 상대방을 존중해 주는 사람이 되어야 합니다. '내 생각이 정답이야'라고 고집스럽게 생각하기보단 '네 생각이 맞을 수도 있겠구나'라는 생각으로 사람을 상대하면 우린 타인에게 더 좋은 사람으로 기억될 수 있습니다. 당신이 인간관계를 소중하게 여긴다면 앞으로는 꼭 타인의 입장에서 그들의 생각을 조금 더 존중해 주는 사람이 되었으면 좋겠습니다.

2장 ° ° 상처 없는 인간관계를 꿈꾸는 당신에게

좋은 사람에게만
좋은 사람이면 돼

관계에서 많은 상처를 받으면 사람이 무섭게 느껴지곤 합니다. 사람들이 싫어졌다고 말하는 사람은 사람을 진심으로 사랑했던 사람이 아니었나 싶습니다.

재는 것 없이 오직 사랑하는 마음으로 상대방에게 친절을 베풀면 상대방은 그 마음에 고마워하며 되돌려 주는 게 아닌 받는 것만을 바랄 뿐이고, 그 친절은 당연함으로 변질되곤 합니다. 동성이 아닌 이성에게 도움이 되어주면 "쟤 아무나 다 좋아하나 봐"라는 오해를 사람들에게 받곤 합니다. 단순히 사람이 좋아서 친절하고 상냥하게 행동을 한 것뿐이지만 그런 부분을 좋지 않게 보거나 이용하려는 사람이 종종 있습니다.

그런 이에게 상처를 받지 않기 위해선 모든 사람에게 사랑을 베풀기보단 적당한 거리를 두어 관계를 유지해야 합니다. 한겨울에 난로와 일정한 거리를 두면 따듯하지만, 춥다고 거리를 좁히려 한다면 뜨거운 고통을 느끼게 됩니다. 인간관계도 그런 것 같습니다. 상처를 받지 않고 감정을 나누려면 반드시 적당한 거리가 필요합니다.

거리감이 있다면 '상대방이 나에게도 돌려주겠지'라는 희망 고문과 의미 부여가 사라지게 되고 모든 사람을 챙기던 일을 그만두고 몇몇 소중한 사람만 챙기게 될 것입니다. 돈도 재산이지만 감정과 시간도 소중한 나의 재산입니다. 가끔 부자들은 "시간을 돈으로 살 수 있다면 내 전 재산으로 시간을 사겠다."라는 말을 합니다.

돈을 소비하면 다시 벌면 되지만 이미 써버린 감정과 시간은 다시 생길 수도, 만들 수도 없어 결국 후회만 남는다고 생각합니다.

모든 사람을 사랑하는 당신의 마음이 예뻐 보입니다. 하지만 사람을 사랑하는 당신의 마음을 온전히 유지하기 위해선 모든 사람을 사랑하기보단 당신을 진정으로 위해주는 사람에게 시간과 감정을 사용해야 합니다.

　그 아름다운 마음에 더는 나쁜 사람의 상처를 받지 않기 위해 모든 사람에게 좋은 사람이 아닌 좋은 사람에게만 좋은 사람이 되었으면 좋겠습니다.

좋은 사람에게만

좋은 사람이 되도록 하세요

기분이 좋지 않다면
잠시 거리를 두도록 해요

인생을 살며 친구가 딱 1명만 있어도 된다는 말을 들어봤을 겁니다. 수많은 인간관계가 아닌 진심으로 날 생각해 주고 배려해 주는 친구. 기쁠 때만 찾아오는 게 아닌 슬플 때도 늘 곁에 머물러주는 그런 사람 말입니다. 만일 인생에서 오랜 시간 내 곁을 머물렀으면 하는 몇몇 사람이 생긴다면 그 사람을 잃고 싶지는 않다는 욕심을 가지곤 합니다.

내 삶에서 너무나 소중한 사람이라고 느껴지면 나이가 들어서도 변치 않는 우정을 유지하고 싶다는 생각을 하게 되죠.

당신에게 소중한 사람과 거리감이 생기지 않기 위해선 당신의 기분이 좋지 않아 예민한 감정일 때 잠시 소중한 사람과 거리를 두는 것을 추천해 드립니다. 사람의 기분은 그 어느 전염병보다 더 무서운 병이라고 생각합니다. 아무리 좋지 않은 기분을 숨기더라도 드러나기 마련이고, 우울한 당신의 모습을 상대방이 지켜본다면 감정은 쉽게 전염될 것입니다. 서로가 서로를 위로해 주는 건 좋지만, 서로가 서로에게 좋지 않은 기분을 전염시키는 건 반드시 피해야 합니다.

소중한 인간관계를 변질시키지 않기 위해선 자신의 기분이 온전치 않을 땐 잦은 만남을 자제하는 게 좋습니다. 서로에게 힘이 되어주고 서로를 소중한 사람으로 여기는 인간관계이기에 애틋한 거리감을 유지하고 싶은 사람에게 나쁜 기운을 불어넣지 않기 위해 내 감정을 조절하는 배려를 가져야 합니다.

감정적인 상태를 조심하세요. 오랜 시간 나에게 소중한 사람을 지키기 위해선 가끔 일정한 거리가 필요합니다.

모든 사람에게 좋은 사람으로
기억될 필요는 없어

사람마다 제각기 머금고 있는 향이 다르다고 생각합니다. 그렇기에 누군가에겐 좋은 사람, 누군가에겐 싫은 사람으로 나뉘는 것이죠. 모든 사람이 좋아하는 사람은 이 세상에 없다고 생각합니다. 아무리 신이라 한들 모든 사람이 한 명의 신을 섬기는 게 아닌 각기 다른 신앙심으로 다른 종교를 믿는 것처럼 말입니다.

사람마다 각자의 취향이 있습니다. 우리는 서로 다른 향을 가졌기에 누군가에겐 좋은 향으로 전해지는 반면 누군가에겐 나의 향기가 역하게 느껴질 수도 있습니다. 이렇게 모든 향수가 좋은 향으로 느껴지지 않듯, 세상 사람 전부가 당신을 좋게 봐줄 수는 없습니다. 각자 선호하는 성격과 성향이 있기에 자신과 맞는 사람이 다른 것이죠.

당신은 전혀 나쁜 사람도 아니고 사람들이 기피하는 성격도 아닙니다. 그저 그 사람과 맞지 않을 뿐. 맞지 않는 사람에게 예쁨을 받으려 애쓰기보단 나에게 맞는, 나를 좋아해 주는 사람에게만 감정을 나누어 주었으면 좋겠습니다.

당신을 싫어하는 사람도 어떻게 본다면 당신에게 관심이 있어 싫어하는 것이라고 생각합니다. 전혀 관심이 없다면 싫어하는 감정도 생기지 않을 테니까요. 주변의 누군가가 당신을 싫어해도 그것을 도려 긍정적으로 생각해 주셨으면 좋겠습니다. 그런 사람이 있기에 당신에게 좋은 사람이 누구인지 판가름할 수 있습니다.

당신을 좋아해 주는 사람에게만 좋은 사람이면 됩니다. 전 그 어떠한 향보다 당신의 향이 제일 좋게 느껴지니 더는 좋지 않은 사람들에게 영향을 받는 당신이 아니길 바랍니다.

아무리 좋은 향을 머금은 향수도 사람마다 호불호가 갈리 듯 당신의 향도 그런 것입니다. 그러니 당신을 싫어하는 사람에게 너무 신경 쓰지 마세요. 누군가에겐 당신의 향이 가장 좋으니까요.

화가 날 때 사람의
본 모습이 드러난다

평소에 착한 사람이라고 생각되는 사람도 본성이라는 게 있습니다. 화를 내지 않고 늘 평온하게 살아가는 사람은 없다고 생각합니다. 다만, 짜증과 사소한 화를 삼켜내며 긍정적인 생각을 가지는 것뿐이죠. 사람은 화를 낼 때 본래의 본성이 나온다고 생각합니다.

평상시에는 착하고 친절한 사람이 감정을 컨트롤 하지 못해 감정을 표출하는 상태가 찾아와 물건을 집어 던지거나 비속어를 사용한다면 그 사람을 착하게 생각하고 있던 사람은

'이 사람이 화를 낼 사람이 아닌데 누가 기분을 너무 나쁘게 행동했나?'라고 생각하며 혼동을 느낍니다. 그리고 이런 생각으로 "네가 화를 낼 정도면 진짜 안 좋은 일이 생겼나 보네"라는 말을 건네곤 합니다.

거두절미하고 당신이 본 성격이 그 사람의 본 성격입니다. 술을 마시고 술김에 하는 좋지 않은 행동도, 예민한 날이라 어쩔 수 없다며 하는 행동도, 사소한 것에 기분이 상해 물건을 집어 던지는 행동도 모두 다 마찬가지라고 생각합니다. 그런 사람의 성격을 백번 이해하려 하기보단 빠른 시일 안에 관계를 다시 생각해보는 과정이 필요하다고 생각합니다. 새로운 도전을 할 때 처음만 어렵지 그다음부턴 수월하게 진행하듯, 감정 표출도 마찬가지라 생각합니다. 당신 앞에서 화를 내본 사람은 이미 화가 난 모습을 보았으니 상관없다는 생각으로 점점 숨겨두었던 악마의 모습을 꺼낼 수 있습니다.

세상에서 제일 끊어내기 힘든 끈은 인간관계의 끈이라고 생각합니다. 티끌만큼이라도 믿어보고 싶다는 생각에 관계를 끊어내지 못하고 관계를 이어간다면 작은 상처를 점점 더 키울 뿐입니다.

사람의 겉모습만 보고 판단하여 거리를 가까이 두며 무작정 신뢰하지 않았으면 좋겠습니다. 그러니 맹목적으로 사람을 믿지 마세요. 믿음을 가지던 사람에게 받는 상처는 더 큰 법입니다.

감정적인 상태의 모습이

그 사람의 진짜 모습입니다

상처 없는 인간관계를 꿈꾸는 당신에게

당신에게 편안함을 안겨주는
사람과 함께 했으면 좋겠어요

타인에게 불만이 생기더라도 혹시 내 생각을 이야기한다면 감정이 상하지 않을까 하는 생각에 하고 싶은 말을 억누르는 사람이 있습니다. 하기 싫은 것도 상대방이 하고 싶다 하면 일방적으로 맞춰주고 상대방의 무례한 언행으로 상처를 받더라도 연을 이어갈 수 있다면 상관없다는 생각을 가지고 모든 것을 감수하려 하지 않아야 합니다.

날씬한 바지가 입고 싶어 억지로 옷에 몸을 꾸겨 넣었을 때 다리에 피가 흐르지 않아 마비가 오듯, 맞지 않는 것에 억지로 나를 끼워 맞추려고 하면 더 큰 상처를 입게 됩니다. 잠잘 때 입고 자도 불편하지 않은 잠옷처럼 당신에게 편안한 인간관계를 만들었으면 좋겠습니다.

당신에게 불편함을 안겨주는 사람이 아닌 편안함을 안겨주는 사람에게 더 친절하세요. 세상 모든 사람의 입맛을 맞출 필요는 없습니다. 그러니 당신의 감정을 억누르며 당신과 맞지 않는 사람이 당신을 사랑해 주길 바라기보단 나의 본 모습을 사랑해 주는 사람을 만나도록 노력합시다.

타인에게 불만이 생겨도
무조건 참는 건 좋지 않은 행동이라고 생각합니다.
다른 건 괜찮아도 당신의 마음만큼은 억누르지 마세요.

상처 없는 인간관계를 꿈꾸는 당신에게

인상이 좋은 사람보다
인성이 좋은 사람이 좋다

곁에 다가온 사람을 바라볼 때 처음으로 상대방에 대해 판가름을 해주는 건 첫인상이라고 생각합니다. 상대방의 첫인상이 어떻게 비추어지는지에 따라 그 사람과의 관계를 어떻게 만들어갈지, 거리를 어떻게 둘지, 성격이 어떨지에 대해 생각하게 됩니다. 초반에 상대방의 인상이 좋게 느껴져 인간관계를 형성하며 허물없이 지내던 중, 상대방과 겪게 되는 사소한 문제와 어른 앞에서의 행동 등에서 좋지 않은 인성을 마주하게 된다면 '왜 내가 이러한 사람에게 속았을까'라는 실망감을 떠안은 채 상대방과의 거리를 벌리게 됩니다. 어릴 적엔 얼굴이 모든 걸 다 용서해준다고 생각했지만, 나이가 점점 들면 들수록 인상보다 인성이 좋은 사람이 좋은 것 같습니다. 상대방의 의견과 감정을 존중하는 인성을 갖춘 사람 말입니다. 사소한 문제가 발생하더라도 자기보호를 위해 자기만 생각하는 이기주의가 아닌 상대방의 생각과 상황을 먼저 생각해 다툼이 발생하더라도, 자기 자신의 잘못이 없더라도 "네가 그렇게 생각했다면 미안해"라는 말을 건네주는 사람이 멋지고 예쁘게 비추어지는 것 같습니다.

당신은 어떠한 사람인가요?

좋은 인상을 내뿜기 위해 노력하는 사람인가요 아니면 좋은 인성을 내뿜기 위해 노력하는 사람인가요? 타인에게 오랜 시간 좋은 사람으로 남고 싶다면 좋은 인성을 가진 당신이 되어야 합니다. 물론, 인성, 인상 둘 다 좋으면 좋겠지만 굳이 한 가지를 택해야 한다면 인성을 택하는 당신이 되기를 바랍니다.

좋은 사람으로 기억되는
대화 방법

　누군가에게 나쁜 사람으로 기억되고자 하며 기분 나쁜 언행을 하는 사람은 없다고 생각한다. 다만, 어떻게 해야 좋은 사람으로 기억에 남는지에 대해 잘 모르기 때문에 좋은 대화를 나누는 상호 간에서도 종종 문제가 생기는 것이라고 생각한다. 상대방에게 좋은 사람으로 남고 싶을 때 중요한 부분이 몇 가지 있다.

첫 번째.

상대방이 이야기할 때 자신의 주관과 맞지 않다고 아니라며 상대의 생각을 무시하거나 틀렸다고 생각하기보단 '그렇게 생각하는구나' 하며 상대방의 의견과 생각을 존중해야 한다. 사람은 각자의 생각이 다를 수밖에 없으므로 자기 생각을 이해해 주고 자신을 존중해 주는 사람을 좋아한다. 내 생각이 틀렸을 수도 있다는 생각을 먼저 해라.

두 번째.

상대방이 진지한 고충을 이야기한다면 "이렇게 해봐, 저렇게 해봐"하는 조언이 아닌 그 말을 끝까지 경청해줘라. 상대방은 조언을 바란 게 아니라 그냥 마음속 이야기를 하고 싶었던 것뿐, 자신의 이야기를 공감해 주기를 바랐을 뿐이다. 조언은 상대방이 원할 때 해주는 게 좋다.

세 번째.

자신의 취향과 다른 이야기라고 생각해 딴청을 피우거나 말을 자르지 말아라. 아무리 관심이 없는 분야라도 끝까지 들어줘라. 반대 입장이 되어보면 얼마나 기분이 나쁜 행동인지에 대해서 알 거라고 생각한다.

네 번째.

아무리 편한 사이일지라도 사소한 비속어를 쓰지 말아라. 비속어를 쓰는 주변 사람들의 대화를 들어보면 알 테다. 듣기 너무 거북하고 그 자리에 오래 머물기도, 대화를 나누기도 싫어진다.

다섯 번째.

금전적인 자랑은 넣어둬라. 상대방은 당신과 다르게 금전적으로 힘든 상황일지도 모른다, 그에게 금전적인 도움을 줄 거면 자랑해도 좋다.

여섯 번째.

타인의 험담은 자제해라. 그 이야기를 듣는 상대방은 '언젠간 내 욕도 당연히 하겠지'라고 생각한다. 또한, 당신의 짧은 감정은 타인에겐 오랜 감정으로 기억되곤 한다.

상대방에게 변했다는
소리를 듣지 않기 위해선

사랑과 인간관계 그리고 삶에서 공통적으로 나타나는 한 가지가 있다. 처음과 다르게 점점 변해가는 모습이라고 생각한다. 처음에는 수도 없이 연락을 하고 안부를 묻던 사람이 점차 시간이 지나면서 새로운 사람에게 이끌리거나, 그 사람보다 더 흥미로운 게 생기거나, 자신의 삶이 더 중요하다고 생각해 점점 상대방에게 실망과 서운함을 남긴다.

의도하든 의도하지 않았든 상대방은 서운해하며 당신에게 변했다는 생각과 함께 예전 같지 않다는 말을 할지도 모른다.

왜냐하면, 그는 당신이 너무나 소중한 사람이기에 이 사람이 내 곁을 떠나갈지도 모른다는 불안감을 느끼기 때문이다. 그래서 당신의 사소한 행동 하나에도 신경 쓰게 되어 크고 작은 서운함을 많이 느끼는 것이다.

당신을 소중하게 여기는 상대방에게 안정감을 주기 위해 초반부터 너무 당신의 모든 걸 쏟아붓지는 말아야 한다. 당신의 마음은 늘 한결같아도 상대방이 격차를 느끼지 않기 위해선 변함없고 흔들림 없이 우직하게 좋은 모습을 보여줘야 한다.

상대방이 서운함을 가진다 해서 "내가 뭐가 변했는데"라고 부정적인 말을 하기보단 "내가 요즘 이러한 것 때문에 신경을 못 써서 조금만 이해해 줄래?"라고 상세하고 친절하게 말해줬으면 좋겠다.

주변 친구, 애인에겐 당신이 정말 소중한 사람이기에, 그런 당신과 관계가 오래 유지되었으면 싶기에 입을 내민 것이니 너그럽게 이해해 줬으면 좋겠다. 서운함을 표현하는 이유는 상대방에겐 그만큼 당신이 소중하다는 증거다.

좋은 인간관계를 유지하기 위해서

1. 잘못에 핑계를 대지 말고 미안하다고 말해라

2. 나의 모든 부분을 이해해 줄 거라 생각하지 말아라

3. 상대방이 틀렸다기보단 내가 틀렸을지도 모른다고 생각해라.

4. 남이 찾아주기 전에 당신이 먼저 상대방을 찾아라

5. 야라고 부르기보단 따스하게 이름을 불러줘라

6. 상대방이 어떤 분야를 좋아하는지 궁금증을 가져라

7. 타인의 슬픔에 조언보단 따스하게 안아줘라

8. 나의 자존감과 자존심을 지키듯 상대의 자존감과 자존심을 지켜줘라

9. 웃긴 일이 생긴다면 친구와 웃음을 함께 나눠라

10. 상대방의 일을 내 일이라 생각하라

상처 없는 인간관계를 꿈꾸는 당신에게

사람의 진심은 돈으로
살 수 없다고 생각합니다

자신의 삶에서 1순위가 되어야 하는 건 무조건 나 자신이라고 생각한다. 우린 늘 자기계발에 힘을 써야 하고 미래를 안정적이고 평온하게 보내기 위해 가고자 하는 방향성을 정하고 꾸준히 정진하며 돈을 모아야 한다. 그렇기에 사람들은 비트코인과 주식, 부동산 등 여러 가지에 많은 시간을 보내며 투자를 하고 있다.

자신의 미래를 위해 꾸준히 노력하는 사람의 열정을 칭찬해 주고 싶다. 하지만 미래에 투자하는 시간이 길어져 곁에 있는 사람마저 잊어가며 돈독이 오르지 않았으면 좋겠다.

주변에서 많이 하는 말이 있다.

"위치가 사람을 변하게 한다."

위치가 사람의 성격을 바뀌게끔 하지만 예전에 평범하고 열정적일 때를 기억하며 당신을 진심으로 생각하고 응원하며 곁에 머물렀던 사람을 잊지 않았으면 좋겠다.

비단 친구 관계뿐만이 아니라고 생각한다. 연인 관계에서도 비슷한 상황이 벌어질 때도 있다. 자격증 시험, 공무원 준비, 취업 준비 등 가진 돈이 없어도 늘 곁에 머무르며 당신을 생각해 주고 챙겨주던 사람 또한 잊지 않고 생각해 주어야한다. 그들은 위치가 아닌 본연의 당신을 애정해준 사람이다.

어릴 적엔 돈에 대한 개념이 없기에 상대의 능력을 따지지 않고 인간관계를 형성했지만, 나이가 들면서 차, 집, 월급, 직업 등을 고려하며 자연스레 인간관계를 형성하게 된다. 하지만 언제까지나 그 자리에 있을 거란 보장도 없고 자신의 위치가 타인에 비해 높다고 생각할지라도 더 높은 자리에 있는 사람들의 눈엔 별거 없는 사람이니 오만하면 안 된다. 직업에 귀천 없다고, 그 직업을 평생 할 수 있을지 없을지 사람의 앞날은 모르기에 사람을 돈으로 보기보단 마음으로 바라보는 당신이 되기를 바란다.

돈을 좇다 사람을 잃는 어리석은 행동은 하지마세요.
진심은 돈으로 살 수 없습니다.

피해야 할 사람 유형 best 5

1. 기분이 감정이 되어
   주변 사람들에게 자신의 감정을 보이는 사람

2. 무례함을 솔직함으로 포장해
   다 널 위해서 하는 말이라고 하는 사람

3. 진실이 담긴 말보다
   거짓이 담긴 말을 많이 하는 사람

4. 자기 돈은 아까워 지갑에서 꺼내지 않으려 하면서
   타인의 돈은 쉽게 생각하는 사람

5. 잘못을 했을 때 그럴 수밖에 없었다고
   자기 합리화를 시키며 핑계부터 나오는 사람

한 번쯤 다시 생각해보고
행동해야 하는 이유

무례한 행동을 하는 사람은 알지 못할 거다. 자신의 언행과 행동으로 기분이 상한 사람이 지인이라는 이유로 모든 걸 참고 있다는 것을 말이다. 한두 번의 무례한 행동은 웃어넘길 수 있지만, 그 이상 무례함이 반복되면 더는 참아내기가 힘들다고 생각한다.

무례한 행동과 언행을 당한 당사자는 한 사람 때문에 출근, 등교가 하기 싫어지고 순수하고 긍정적인 여린 사람을 점차 부정적인 생각으로 물들게 한다. 그런 사람으로 인해 점차 변해갔을 때 폭력적인 사람은 "왜 이렇게 예민하게 반응해. 너 원래 안 그랬잖아."라며 비아냥거릴 것이다. 자신의 행동과 언행으로 인해 변질된 게 아니라 거만해졌거나 싹수가 없어졌다고 생각하는 것이다.

사람은 누구와 함께 오랜 시간을 보냈느냐에 따라서 성격과 본질이 점차 성숙해지고 완성되는 것 같다. 사람들이 흔히 말하는 가정환경이 중요하다는 말과 같은 말이다. 우리는 아이 때부터 죽을 때까지 성장하고 변해가는 동물이다. 각자의 취향, 성향, 색깔은 누군가의 좋은 모습을 볼 때 그 모습을 따라 함으로써 변하고 누군가의 나쁜 모습을 보면 부정적인 면을 자연스레 배제하게 된다.

무례한 행동을 전부 이해해 줄 사람은 없다. 아무리 본연의 색이 중요하다 해도 "난 원래 이렇게 자라왔으니까." "몇 년 동안 이러한 삶을 살아와서 못 고친다." "그러니 너희들이 날 이해해라."라는 마인드는 가지지 말아야 한다.

만약, 이런 생각을 유지하며 살아간다면 싫다면 비슷한 생각을 가진 무례한 사람들과 어울려 서로에게 상처만 주고받고 할 거다. 그런 삶이 싫다면 상대방의 기분이 어떨지에 대해서 생각해보며 이야기를 꺼냈으면 좋겠다. 당신의 언행과 행동이 타인에게 무례한 행동이 아닌 친절하고 선한 행동이 되었으면 좋겠다.

개울가에 올챙이 한 마리 꼬물꼬물 헤엄치다,
당신이 무심결에 던진 돌 맞아 상처 입는다.
한 번 더 생각하고 행동하자.

미안하다는 말 한마디로
마음을 풀어낼 수는 없다

개개인의 생각이 각각 다르다. 그래서 그런지 서로가 어떤 부분에서 상처를 받는지 알지 못한 채로 무심결에 웃으며 상황을 지나치기도 한다. 현재의 즐거운 분위기를 자신의 기분으로 인해 망치고 싶지 않아서, 그 사람이 고의로 그런 게 아닌 것 같아서, 솔직하게 기분이 나쁘다고 말하기가 어려워 상처가 되는 부분을 솔직하게 이야기하지 못하는 것이다.

좋지 않은 기분을 참아낸 뒤에도 상대방의 언행과 태도가 고쳐지지 않는다면 언젠간 봇물이 터져 흐르듯 그동안 쌓여

있던 불만과 감정이 터져 마음에 담아두었던 이야기를 상대
방에게 하게 된다.

　이런 상황에서 상대방의 이야기를 듣는 이기적인 사람은
왜 지나간 이야기를 꺼내냐며 불쾌하다는 반응을 보인다. 하
지만 타인을 조금이라도 배려하는 마음을 가진 사람은 미안
하다는 말을 건네 좋지 않은 상황을 무마시키려 한다. 늘 웃
던 사람이 진지하게 이야기하는 상황이 어색하고 이런 생각
을 하고 있었다는 걸 뒤늦게 알아 미안하다는 말로 사과를 건
네는 것이다. 하지만 단순히 미안하다는 말 한마디로 상대방
의 마음을 풀어낼 수는 없다고 생각한다. 깊은 상처에 약 한
번 바른다고 치유가 되지 않듯, 미안하다는 한마디로 상대방
의 엉켜버린 마음을 풀어내려 하지 않았으면 좋겠다. 다친 마
음이 아물더라도 덧나지 않도록 꾸준히 약을 발라줘야 한다
는 걸 기억하자.

　아픔이 더 덧나지 않도록, 상대방의 마음이 완벽하게 아물
도록 신경을 쓰려면 미안하다는 말과 함께 그동안의 서운한
점을 물으며 상대의 속 이야기를 끝까지 들어주며 그러한 부

분을 전부 다 인정하고 반성하는 게 진정한 사과라고 생각한다. 단순히 "내가 미안"이 아닌 "내가 그런 부분을 신경 쓰지 못해 미안해. 앞으론 한 번 더 생각하면서 행동할게."라고 이야기를 한다면 상대방의 마음은 조금 더 빨리 편안해질 거다.

또다시 누군가가 서운한 마음을 이야기한다면
그 사람의 마음을 어루만져 주도록 하자.
상대의 아픔이 사라질 때까지.

한 마디만으로 모든 상처를 치료할 순 없다.

같은 실수를 지속하게 된다면

상대의 실수에 대해 이야기해 주었을 때 잘못을 부정하는 반응을 보이는 사람이 있습니다. "내가 잘못한 게 아니야" 같은 뉘앙스의 말은 모두 다 핑계라고 생각합니다. 자신의 실수를 인정하고 정말 고칠 생각이 있다면 메모장에 적어두는 것 같은 노력이라도 할 테니까요.

상대방이 고쳤으면 하는 점을 이야기하는 이유는 색안경을 끼거나 행동 하나하나가 아니꼬워서가 아닙니다. 당신의 행동 중 이러한 부분을 고친다면 지금보다 더 좋은 사람이 되지 않을까라는 생각으로 문제점을 정중히 이야기해 주는 것입니다.

그런 의미로 나에게 진심 어린 충고를 해주는 사람을 존중해 주어야 한다고 생각합니다. 만일, 당신에게 관심이 없었다면 실수를 말해주지도 않고 두 번 다시 만나지 않거나 누군가에게 뒷담을 하고 있었을 겁니다. 무엇보다 감사한 사람을 잃지 않기 위해서는 실수를 고쳐나가는 노력을 보여주어야 합니다.

같은 실수를 지속한다면 실망이 되고
실망이 지속되면 포기하게 되고
포기가 지속되면 외면하게 됩니다.

상대방이 잔소리를 멈추는 순간이 오면 당신을 포기한 상태이고 잔소리가 멈춘 상대방은 당신의 곁에서 떠날 준비를 하고 있는 겁니다. 소중한 사람을 안일하게 떠나보내기 싫다면 잔소리에 짜증을 부리기보단 잔소리를 하는 상대방에게 감사함을 가지며 고치겠다는 의사 표현을 해야 합니다. 그러면 상대방은 당신의 고쳐진 모습이 아닌 고쳐나가는 모습을 바라보며 고맙고 미안하다는 생각을 할 것입니다.

습관을 한 번에 고칠 수는 없습니다. 하지만 한 번에 습관을 고치려는 노력은 할 수 있습니다. 좋지 않은 습관은 버리고 좋지 않은 습관을 말해주는 상대방을 지켜내도록 노력하는 당신이 된다면 좋겠습니다.

같은 실수를 반복하지 마세요.
그 사람의 서운함을 부정하지 마세요.

어떤 관계가 좋은 관계인지
어렵게 느껴지는 당신에게

　카톡이나 전화번호부에 수많은 사람이 저장되어 있지만 '진정한 나의 친구가 누구일까?'라는 의문점을 한 번씩 가져 보았을 거라고 생각합니다. 저 또한 핸드폰에 많은 연락처가 있고, 카톡에도 수백 명의 친구가 있지만 어떻게 친구가 1명밖에 없는 것 같지? 라는 생각을 하곤 했으니 말입니다. 시간이 지나니 단 1명의 친구만 있어도 성공한 삶이라고 했던 어른의 말씀이 무슨 의미인지 깨닫게 되었습니다.

진정한 인간관계란 자신이 어려운 상황에 직면했을 때 조 언을 하는 사람이 아닌 당신의 말에 공감을 해주고 도중에 말 을 끊지 않고 끝까지 들어주는 사람이라고 생각합니다. 경청 을 할 줄 아는 것이죠.

우린 힘든 일이 있어도 쉽게 주변 사람에게 털어놓지 못하 고 살아갑니다. 사람들이 흔히 말하는 "불쌍해"라는 말과 함 께 조언을 하기 때문이라고 생각합니다. 하지만 진정한 인간 관계에선 힘든 일이 있을 때 무슨 이야기를 하더라도 조언을 하기보단 상대방의 힘든 마음이 담긴 말을 끝까지 들어주고 공감해 주기에 우리가 편하고 따뜻하다는 느낌을 받는 것 같 습니다. 그런 사람이 만일 곁에 있다면 절대로 놓치지 않아야 합니다. 인생에서 몇 명 나타나지 않기 때문이죠.

기쁠 때나 슬플 때나
당신의 일이 늘 자신의 일이라고 생각해 줄 유일한 친구.

당신은 이런 친구가 있나요?

반드시 곁에 두어야 할 사람 Best 5

1. 힘든 일이 생겨 기분이 좋지 않을 때 이유를 묻기보단
   곁에 다가와 이유를 말해주기 전까지
   말없이 곁에서 따스하게 토닥여주는 사람

2. 기쁜 일이 생겼을 때 찾아와주는 사람이 아닌
   슬픈 일이 생겼을 때 찾아와주는 사람

3. 상대방에게 기분이 상하는 말과 기분이 좋아지는 말을
   구분할지 아는 사람, 할 말과 못 할 말을 가려서 하는 사람

4. 자신과의 생각이 다른 점을 그거 아니야 라고 말하는 사람이 아닌
   그렇게 생각할 수도 있구나 하며 상대의 생각을 존중해 주는 사람

5. 상대의 이야기가 듣기 싫다고 공감 가지 않는다고
   잘라내는 게 아닌 묵묵히 끝까지 들어주는 사람

상처 없는 인간관계를 꿈꾸는 당신에게

다툼 중 상대방이 말을 멈추는 이유는

사소한 다툼이 생길 때 조급하게 대답을 원하는 사람과 천천히 생각을 곱씹고 대답을 하는 사람이 있습니다. 조급한 사람은 뇌에서 필터링을 거치지 않고 그저 생각나는 대로 빠르게 말을 내뱉으며 상황을 종결지으려고 합니다. 반면에 말을 천천히 하는 사람은 다툼의 상황을 처음부터 끝까지 다시금 곱씹어 보며 생각을 정리하기 때문에 잠시 입을 다물곤 합니다.

이야기를 하지 않고 입을 다문 채로 정적이 흐르는 상황이 답답하다고 느껴지겠지만 입을 다물고 이야기를 하지 않는 이유는 상대방에게 말로 상처를 주고 싶지 않아 그러는 것입니다.

방이 지저분한데 방을 보여달라 하면 정리할 시간이 필요하듯 다툼으로 인해 상대방이 말을 빨리하지 않는다고 무작정 화를 내지 않으셨으면 좋겠습니다. 앙칼진 말을 정리한 뒤에 부드럽게 말하려고 침묵을 유지하는 것이니까요.

사소한 다툼이 거대한 다툼이 되지 않도록, 짧은 다툼으로 인해 긴 시간 함께한 사람에게 상처를 입히고 싶지 않기 때문에 잠시 상황을 생각하는 시간을 가지는 것뿐이니 빨리 말하라고 재촉하며 화를 내기보단 잠시 서로 생각을 정리하는 시간을 가졌으면 좋겠습니다. 차후에 상대방이 입을 다무는 상황이 펼쳐진다면 보채지 말고 생각을 정리할 수 있는 시간을 존중해 주세요.

서로의 좋지 않은 감정을
방치하지 않기로 해요

누군가는 집에 돌아와 입었던 옷을 바로 정리하기 싫어한다. 결벽증이나 자신의 집을 완벽하게 정리하는 사람을 제외한 사람의 방을 본다면 보통 행거에 옷을 던져놓거나 의자에 옷을 걸쳐져 있다. 하루가 너무 힘들고 지쳤기 때문에 무기력증을 핑계로 내일 해야겠다는 생각과 오늘은 그만 좀 쉬고 싶다는 마음에 다음 날로 일을 넘기곤 하는 것이다.

다음날이 되어 전날에 생각한 대로 널브러진 옷들을 정리한다면 그렇게 큰일이 아니겠지만, 그다음 날이 되어도 청소를 하지 않고 옷을 차곡차곡 쌓아두다 보면 옷 무덤이 생겨 감당할 수 없는 상태가 되곤 한다.

이런 상황을 방치하다 쉬는 주말에 더러워진 방을 보고 대청소를 해야겠다는 생각에 그제서야 하나하나 정리를 하기 시작한다. 당일에 정리했으면 대청소까지 불러일으킬 필요가 없을 텐데 말이다.

다툼도 그렇다. 오랜 시간 감정을 방치하지 말고 바로바로 풀어야 곪은 감정이 쌓이지 않는다. 사소한 일이 거대한 일로 변질될 수가 있는 게 사람의 감정이다. 댐에 난 작은 구멍 하나가 결국 댐을 무너트리듯, 다툼이 생기면 시간이 해결해 주겠지라는 생각을 하기보다 바로바로 미안하다는 말과 함께 서로의 서운한 감정을 풀어야 한다.

아무리 좋은 관계여도 서로 간의 생각이 다르기에 다툼이 생길 수 있다. 여기서 중요한 건 서로 간의 다툼을 크게 만들지 않으려 노력하는 것이다. 차후에 걷잡을 수 없는 사이가 되고 싶지 않다면 서로의 좋지 않은 감정을 방치하지 않아야 한다.

당신의 마음은 지금 어떠한가?

시간이 모든 걸 해결해 줄 거라는 생각에

모든 걸 참고 있진 않은가?

아무리 가까운 사이 일지라도
기본적인 예의가 필요하다

늘 내게 힘이 되어주고, 따스함을 전달해 주던 한 사람이 어느 순간 차가워지고 곁에서 멀어지는 순간이 있다. 변해버린 상대방의 모습을 바라보며 '한없이 좋았던 우리였는데 어쩌다 이렇게 되었을까'라는 생각과 함께 지난날을 곱씹어 보고 그동안 뭘 해도 이 사람은 이해해 줄 거라는 생각으로 했던 좋지 않은 행동과 언행이 머릿속을 가득 채우면 차가워져 버린 그 사람을 다시 붙잡고 싶다는 생각을 하게 된다.

상대방에게 고의적으로 서운함을 불어넣어 준 게 아닌 본의 아니게 서운함을 줬지만, 그간 상대에게 너무 무심하게 행동했던 것이 잘못이 아닐까 싶다.

사람들은 상처가 나도 피가 흐르는 걸 봐야 아픔을 느끼곤 한다. 서운함도 그런 것 같다. 상대방을 서운하게 한 행동을 모르고 지나치다 상대방의 달라진 모습을 보고 그제야 후회를 한다.

하지만 지나간 일을 후회해 봤자 지나간 일은 결코 되돌릴 수 없기에 더는 소용없다. 이젠 자신의 행동에 책임을 져야 하며 현실을 받아들이는 수밖에 없는 것이다. 그렇게 당신에게 몇 없는 소중한 사람을 잃게 되었으니 마음껏 후회하고 교훈과 경험으로 받아들였으면 좋겠다.

좋은 인간관계를 지켜내기 위해선 아무리 가까운 사이 일지라도 기본적인 예의를 갖추며 행동해야 한다. 당신에게 가장 진심인 사람인만큼 부디 앞으로는 소중한 사람을 상처 입히지 않고, 떠나보내지 않기 위해 안일해지지 않기로 하자. 가장 가까운 사람일수록 더 예의를 갖추어야 한다.

인간관계를 유지하려
애쓰지 않았으면 좋겠어요

이 사람과는 정말 오랜 시간 함께하고 싶다는 생각이 든다면 그 사람의 단점마저 아껴주고 배려하게 된다. 혹여 맞지 않는 부분이 있더라도 "너는 그렇게 생각하구나? 네 말이 맞아."라고 하고 상대방이 일방적으로 받는 것을 좋아하더라도 모든 부분을 수용하게 된다. 그 사람에게 연락이 오지 않더라도 먼저 말을 건네며 둘만의 관계를 이어가려 홀로 노력하는 것이다.

하지만 이러한 일방적인 이해와 배려도 한계가 있기 마련이다. 가끔, 화가 나 상대방에 대한 이해와 배려를 내려놓은 채 "먼저 연락이 오기 전까지 나도 연락 안 할 거야!"라는 다짐을 해보지만, 며칠이 지나지 않아 또다시 상대방을 찾게 되는 당신이다.

이런 패턴이 반복되다 보면 차후엔 '나만 쥐고 있는 관계일까?' 같은 생각에 젖어 들어 그동안 자신이 쏟은 정성과 마음이 물거품이었다는 생각에 점차 상대를 미워하기 시작한다. 너무나 믿었고 그 사람을 진심으로 사랑했기 때문에 모든 걸 감내하고 상대에게 맞추기 위해 사력을 다했지만 결국 이러한 결말을 맞이해야 하나라는 부정에 밝던 사람에게도 어두움이란 그림자가 찾아오는 것이다. 하지만 부정적인 감정에 물들어도 마음으로는 일말의 희망을 놓지 못하는 사람이 많다.

지금 이 상황 하나로 인간관계를 포기하는 부정적인 선택을 할 건지 아니면 하나의 경험을 얻었다고 생각하는 긍정적인 선택하는 건 오롯이 당신의 몫이지만 난 이것을 좋은 경험으로 여겼으면 좋겠다.

그동안 많이 애썼고 진심을 다했으니 이젠 홀로 쥐고 있던 끈을 놓아도 된다. 앞으로 더 좋은 사람을 만날 수 있기 때문이다. 인간관계뿐만이 아니라 세상을 살아가면서 맞이하는 모든 부분에서 홀로 희생하는 상황은 그리 좋지 않은 상황이라 생각한다.

뭐든 함께해야 즐겁고, 덜 힘들고, 추억이 쌓인다. 당신이 진정으로 상대를 생각하고 애썼던 그 시간 동안 홀로 고생했고 홀로 아파했으니 그 계기를 경험으로 삼아 이젠 혼자가 아닌 함께 당신에게 애써주는 사람을 만났으면 좋겠다.

이제 '누가 나한테 그렇게까지 행동하겠어'라고 생각하지 말고 긍정적으로 '그래, 나에게 쥐어진 인생이고 다른 사람보다 내가 더 중요해. 살다 보면 좋은 사람 한 명 나타나지 않겠어?'라고 생각하며 단단하게 삶을 살아가자. 만일, 정말 당신을 위해 애쓰는 사람이 나타나지 않는다면 내가 당신을 위해 애써줄 테니 홀로 힘들어하지 말고 내게 말을 걸어주었으면 좋겠다. 변치 않는 당신의 친구, 오빠, 삼촌, 아저씨로 늘 당신 편이 되어줄 테니까 말이다.

편안한 인간관계를 형성하기 위해선

눈에 예뻐 보이는 신발을 찾게 되었을 때 사이즈를 보면 늘 내 발에 맞지 않는 신발이었다. 나는 신발이 작다고 포기하고 싶지 않았다. '내가 맞추면 되겠지, 아파도 조금만 참으면서 신으면 자연스럽게 늘어나겠지'라는 생각을 믿은 것이다.

그렇게 나에게 맞는 신발보단 예쁘지만 나에게 고통을 주는 신발을 신었다. 처음엔 예쁜 신발 신으려면 이 정도는 감수해야 한다는 생각으로 아픔을 참아내곤 했지만, 시간이 지나 발을 점점 더 아프게 하는 신발을 결국 꾸겨 신게 되었다. 인간관계도 그렇다고 생각한다. 서로에게 맞지 않은 걸 알면서도 계속 관계를 이어가면 결국 상처만 남긴다.

처음에는 자신에게 맞지 않는 사람이라도 관계를 유지하고 싶어 마음속의 고충을 견디지만, 시간이 지나면서 쌓이는 고충을 감당할 수 없어 겉으로 표출하게 되면 결국 고충을 견디던 나 또한 그 사람에게 상처를 안겨주게 된다.

당신도 알듯이 서로에게 상처만 안겨주는 인간관계는 오래 갈 수 없다. 서로의 외면이 끌려서가 아닌 서로의 내면이 끌려서 함께하는 관계를 형성해야 오래가는 관계를 만들 수 있다, 서로에게 편안함을 주는, 따스함을 건네주는 관계가 되기 위해선 반드시 사람의 내면을 우선적으로 바라보도록 하자.

외면에는 유통기한이 있다.

타인이 당신에게 실수를 반복한다면 이렇게 행동하면 좋겠어요

타인이 반복적인 실수를 한다는 건 어쩌면 그 사람만의 잘 못이 아니다. 그 실수를 아무 말 없이 받아주는 사람의 잘못도 있다.

한 번이 아닌 지속적으로 실수를 했을 때 보통 사람은 그 실수에 대해서 꾸짖거나 손절을 하지만 아무 말 없이 받아주는 사람 같은 경우는 '뭐 그럴 수 있지'라는 생각으로 잘못된 행동을 계속 받아주기 바쁘다. 그래서 실수가 잦은 사람이 곁에 있을 때 더 깊은 상처를 받는 것이다. 이런 상처를 받다 보면 주변 사람들 또한 '얘는 뭘 해도 받아주는 아이니까' 라는 생각으로 조심성 없이 행동하곤 한다.

　반복되는 실수까지 모두 이해해 주고 넘어가 주는 삶을 살다 보면 주변 사람들은 그 사람을 착하다고 생각하기보다 호구라고 여길 때가 많다. 호의가 지속되면 호구로 본다는 말이 있듯 인간관계에선 어느 정도의 선이 필요하다. 사람과의 선을 어떻게 그어야 할지 모르겠다면 이것만 기억해보자. 앞으로 타인이 당신에게 실수를 한다면 이렇게 생각하는 것이다.

첫 번째는 뭐 그럴 수도 있지!
두 번째는 나한테 왜 이러지?
세 번째는 이제 내 인생에서 아웃이야.

　야구에 삼진아웃이 있듯 당신에게 큰 실수를 3번 하면 인생에서 아웃시켜야 한다. '너무 매정하다고 생각하지 않을까?' 라는 생각은 제발 배려있는 사람에게만 발휘하기를 바란다. 재차 강조하지만, 착한 사람에게만 착한 사람이면 된다. 굳이 나쁜 사람에게 착한 행동을 하다 호구로 기억되기보단 착한 사람에게만 좋은 사람이 되는 삶을 택하면 지금보다 훨씬 편하게 삶을 살아갈 수 있다.

지금이라도 늦지 않았다. 주변에 있는 나쁜 사람을 이해하며 받아주기보단 앞으론 확고하게 선을 그으며 호구가 아닌 천사로 기억되는 행동을 하며 살아가자.

인간관계에도 삼진아웃이 있다는 걸 기억하세요.

서로가 다름은 인정했으면 좋겠어

서로에게 완벽히 맞추어진 성격과 취향을 가진 사람은 없다고 생각한다. 쌍둥이조차 서로 성격이 같지 않아 다툼이 일어나니 말이다. 개개인의 성격 차이는 어쩔 수 없이 존재한다. 같은 혈액형, 같은 MBTI, 오랜 시간 함께한 가족이더라도 서로에 대한 모든 부분을 알 수 없고 이해할 수도 없다.

서로의 성격과 취향을 이해하는 것보단 다름을 존중하는 자세를 가져야 한다. 나는 이런 성격의 차이점이 때론 좋다고 생각한다. 사람마다 차이가 존재하기에 사람들이 호기심을 가지고 서로에 대해서 알고 싶어 하는 게 아닌가.

사람들은 자신과 다른 사람을 궁금해하며 살아간다. 하지만 그 부분을 존중하지 못하고 이해하지 못하겠다며 "재 좀 이상한 거 같아"라고 비아냥거리는 사람이 있다. 이 세상의 주인공은 자기 자신이지만 이 세상의 기준점은 없다고 생각한다. 그러니 섣불리 속단하면 안 된다. 다르다는 것을 부정하고 타인의 성격을 자신에게 맞추려고 하면 비밀번호를 계속 틀린 핸드폰이 잠기는 것처럼 상대방의 마음도 잠기게 될 것이다.

그 사람과 거리가 멀어져도 상대방의 마음이 잠기게 되더라도 상관이 없다면 생각을 강요하고 "그거 아니야"라고 해도 좋다. 하지만 멀쩡한 관계를 멀어지게 하고 싶지 않다면 상대의 모든 점을 존중해 주도록 하자. 누군가에겐 당신 또한 이해가 되지 않는 행동을 하는 사람으로 비추어질 테니 상대방이 나와 달라도 속단하지 않는 마음가짐을 가지자.

성숙한 관계는 '수긍'라는 단어에서 시작된다.
다르다는 걸 인정하는 순간부터 다툼은 사라지고
서로에게 스며드는 일만 생길 것이니
나를 강요하지 말고 상대를 인정해주자

손깍지도 손이 엇갈려야만 낄 수 있듯
인간관계도 마찬가지다.

곁에 두면 좋지 않은 사람

1. 약속을 잡았을 때
   매번 핑계를 대며 약속을 깨는 사람

2. 다른 사람 이야기 끊어먹거나 듣지도 않고
   자기 이야기만 하기 바쁜 사람

3. 사사건건 훈수를 두며 안 된다 하는 사람

4. 남을 깎아내려 자신을 높이는 사람

5. 모든 순간에 부정적인 생각을 하는 사람

6. 주변 이성 친구를 소개해달라는 말을
   끊임없이 자주 하며 재촉하는 사람

7. 나의 고충은 힘겹다고 생각하지만,
   남의 고충을 우습게 생각하는 사람

8. 좋지 않은 순간이 찾아왔을 때마다
   매번 피해자 코스프레 하는 사람

9. 술자리에서 주사가 좋지 않은 사람

10. 자기 필요할 때만 연락하는 사람

11. 입만 벌리면 거짓말이 나오는 사람

12. 기분이 태도가 되는 사람

상처 없는 인간관계를 꿈꾸는 당신에게

3장. ° 보다 좋은 사랑을 하고 싶은 당신에게

과거의 상처에 얽매이지
않았으면 좋겠어요

사랑을 하며 늘 좋은 기억만 남을 수는 없다. 좋은 사랑이라고 하더라도 좋은 기억과 나쁜 기억이 공존하며 굳이 나쁜 연애가 아니더라도 한 사람에겐 두려운 연애로 기억에 남아 누군가가 새롭게 다가올 때 '이 사람도 똑같을 거야' '이 사람도 처음에만 불타오르지 시간이 지나면 똑같이 질렸다고 할 거야'라는 의심이 생기게 한다. 이런 악순환이 반복되면 좋은 사람이 다가오더라도 겁부터 내는 상황이 펼쳐진다.

과거의 좋지 않은 기억을 완전히 지워줄 사람은 없다고 생각한다. 기억을 지우는 건 아주 먼 미래에 기억을 지우는 기계가 생겨야 가능한 일이다. 하지만 그 기계가 생기기 전까지 과거의 기억 때문에 새로운 사람을 만나지 못한다면 차라리 냉동인간이 되어 미래에 해동되어 기억을 지우고 다시 연애를 시작해야 되지 않을까 싶다.

더는 과거의 상처 때문에 새로운 연애를 겁먹지 않았으면 좋겠다. 당신이 겪은 상처를 잊게 할 순 없지만, 몇 번의 새로운 만남을 가지다 보면 새로운 사람에게 보이는 좋은 모습으로 사랑이 아픈 것만은 아니며 상처를 지울 수는 없지만 치유할 수는 있다는 걸 깨닫게 될 것이다.

지금까지 사랑으로 인해 받은 상처로 사랑이 두려웠던 마음은 새로운 사랑이 치유해 줄 테니 더는 홀로 아파하지도 두려워하지도 않았으면 좋겠다. 변하는 사람이 존재하는 것처럼 변하지 않는 사람도 존재할 테니 이제 부정적인 생각은 넣어두고 조금만 상대방의 마음을 믿고 따라와 줬으면 좋겠다. 용기만 있다면 세상에 나쁜 사람과 사랑만이 존재하는 게 아니라는 것을 깨닫게 될 테다.

사람은 처음과 끝이 중요하다

인간관계와 사랑의 공통적인 부분은 처음과 끝이 중요하다는 점이 아닐까 하는 생각을 한다. 이뿐만 아니라 직장생활, 학교생활 등에서도 처음과 끝이 중요한 이유는 그 사람과의 모든 시간을 기억하지 못하더라도 상대의 처음과 끝은 가장 기억에 남고 잊히지 않기 때문이다.

연인 관계에 있어 처음엔 조심스럽게 상대방을 대하던 사람이 마지막엔 당혹스럽게 연락을 끊어버린 채 사라진다면 상대방은 그 사람을 잠수 이별을 선택한 쓰레기라고 생각을 하겠지만, 그 사람을 사랑하는 마음에 잠수 이별이라고 의심하기보다 걱정하는 마음이 커 자신을 뒷전으로 한 채 도려 상대를 걱정하는 사람이 있다. 그리고 어떻게든 연락을 하고 싶다는 마음에 주변 사람들에게 연락을 취하며 홀로 마음을 애태우는 것이다.

그렇게 일방적으로 연락을 끊은 사람은 상대방의 속도 모르고 자유가 됐다며 한참을 신나게 시간을 보낸다. 하지만 그런 즐거움도 며칠 가지 않아 소중했던 사람을 다시 떠올리며 연락을 취하지만 그 사람의 어리석은 행동은 이미 상대방의 마음을 썩어버리게 만들었다. 현시점이 코로나라 워터파크에 가지 못해 잠수 이별로 대리만족을 하는 건지 모르겠지만, 이런 행동은 주변 사람에게도 좋지 않은 시선으로 비추어진다.

뿌린 대로 거둔다는 말이 있다. 지금은 잠수 이별을 통해 자유로워졌지만 언젠간 누군가에게 똑같이 잠수 이별을 당할 거라고 생각한다. 이런 결과를 초래하지 않기 위해선 처음에 조심스럽게 마음을 건넸던 것처럼 이별할 때도 조심스럽게 마음을 건네야 한다. "만나서 말하나 이렇게 연락 끊어버리나 똑같지 않을까?"라는 생각은 절대 하면 안 된다. 그런 이별은 무례하고 상대방이 받아들이기엔 너무나도 큰 상처일 테니 부디 좋지 않은 이별의 방법을 택하지 않았으면 좋겠다.

모든 인간관계는 인과응보라는 걸 기억하자.

익숙함에 속아 소중함을 잊지 말자

판타지 영화에서 나오는 마법사를 보며 나도 마법을 부리고 싶다고, 현실 세계에서도 저런 마법사가 내 곁에 있었으면 좋겠다는 생각을 했다. 그래서 유튜브에 나오는 마술사와 해리포터를 보며 종종 대리만족하곤 했다. 가상을 실화처럼 느껴 혹시 자신이 마법사라는 사실을 숨기고 살아가는 사람이 있지 않을까 라는 생각을 해봤는데, 그다지 멀리 있지 않은 곳에 있었다.

어느 날 길거리에서 나에게 관심이 있다고 "저 실례지만 여자친구 있으세요?"라고 연락처를 물어보는 사람이 있었다. 처음엔 그 말을 듣고 믿을 수가 없었다. 무조건 '교회 다녀라, 도를 믿으십니까' 같은 거라고 믿었지만 뭔가 처음 겪는 일이라 신기해서 그 사람에게 나의 연락처를 남겨줬다.

그렇게 연락을 주고받던 한 사람이 있었다. 그녀는 내게 감정 표현을 많이 했었다. 당장이라도 사귀자면 사귈 것같이 말이다. 금사빠 같다는 생각은 했지만, 진심으로 사랑받는 기분을 느끼게 해주는 그 사람의 따스한 마음이 좋기도 했다.

그렇게 좋은 감정을 만들어 가던 중 한국은 역시 좁다는 생각이 들었다. SNS를 하던 중 친구 추천에 그 사람의 계정이 친구 추천 리스트에 있었다. 계정을 확인을 해보니 그 사람의 SNS에는 럽스타그램이 가득 차 있었다. 2년이나 넘게 연애를 하고 있었고 "널 만나 행복해"라는 게시물을 확인한 후 그녀에게 연락해 "너 혹시 마법사야? 남자친구를 없애버리는 요술을 쓰네?"라고 질문을 건넸다.

그 사람은 나의 질문에 미안하다는 말이 아닌 "그걸 어떻게 알았어?"라는 대답을 하였다. 마치 마법사인 사실을 숨긴

채 살아가는 사람처럼 말이다. 상대방의 말에 난 대답을 하지 않고 바로 차단을 하였다. '이래서 SNS 안 한다고 했었구나' 하며 말이다. 연애를 하면서 현재 사귀고 있는 사람보다 외모, 능력, 몸매, 성격 등 다른 부분에서 더 매력적인 사람이 나타날지 모른다.

지금 연애하는 사람이 익숙해졌을 때보다 더 괜찮은 사람이 앞에 나타난다고 해도 우발적인 마음으로 그 사람에게 매력을 느끼거나 다가가면 안 된다. 처음엔 차이점이 흥미롭지만, 중간부엔 재미없고 후반부엔 후회를 하기 때문이다.

사람은 거기서 거기라고 생각한다. 겉으로 비추어지는 능력이 아닌 자신의 곁에 오랜 시간 머물러준 사람의 소중함을 잊지 않았으면 좋겠다. 상대방도 마찬가지였을 거라 생각한다. 상대방도 괜찮은 이성이 곁에 다가오더라도 지금 사랑하는 사람이 너무 소중하기 때문에 묻고 따지지 않고 현재의 연애에 만족하며 관계를 지속했을 것이다.

그러니 괜찮은 사람 앞에서 애인을 사라지게 하는 마법이 아닌 애인과의 커플 액세서리를 나타나게 하는 마법을 부려

라. 살아보니 외모나 능력보다 마음이 제일 중요하다는 걸 느낀다. 부디 현재 사랑하는 사람의 소중함을 잊지 않도록 하자.

우리는 소중한 걸 숨기는 못된 마법사가 아니다.

연인 관계에서
가스라이팅이 주는 영향

연인 관계에서 서로의 핸드폰을 보는 행동은 좋지 않다고 생각합니다. 상대방에게 오는 이성의 사소한 연락에도 예민해지고 그 예민한 기분을 태도로 옮겨 "이 사람 누구야?"라는 말을 하며 상대방을 당황하게 만드니 말입니다. 연애를 한다 해서 주변 인간관계를 정리하라고 하는 사람이 있습니다. 남잔 다 늑대야. 여잔 다 여우야. 나 말고 다른 사람이랑 연락하지 말라는 이유를 덧붙여 상대방의 인간관계를 망치게 합니다. 인간관계를 망치는 것뿐만이 아닙니다. 상대방의 마음을 테스트하기도 합니다.

제가 연애를 할 때의 이야기입니다. 한 여성과 오랜 시간 연애를 하다 어느 날 SNS로 모르는 이성에게 "저 오래전부터 지켜봐 왔는데 정말 제 이상형이시고 말씀도 예쁘게 하셔서 용기 내 연락드려요"라고 다이렉트 메시지가 왔습니다. 그 메시지를 보고 전 답장조차 하지 않았습니다.

연애 중이라 다른 이성에게 관심이 없을뿐더러 예쁜 여자 공포증이 있었습니다. 이런 사람이 날 좋아할 일이 없지, 100% 나의 장기가 필요한 사람이겠지 하며 무시했습니다. 그렇게 무시를 하니 5분 뒤에 "오빠 진짜 다른 여자한테 관심 없네. 나 A야, 역시 우리 오빠 사랑해"라고 연락이 왔습니다. 그 메시지를 보고 난 후 여자친구를 안심시켜주었다는 기쁜 감정이 생기기보단 그 아이의 행동에 어이가 없었습니다.

그 당시에는 가스라이팅이라는 정보를 몰랐기에 그냥 기분만 상하고 넘어갔지만, 예전 연애의 상대방을 떠올리면 나에게 했던 행동들이 사랑해서 한 행동이 아닌 가스라이팅이라는 점을 인지하게 되었습니다.

상대방을 진심으로 사랑한다면 구속이 아닌 적당한 자유롤 존중해줘야 한다고 생각합니다. 주변에서 다가오는 사람이 아무리 찝쩍거려도 진심으로 연인 관계가 중요하고 상대방이 사랑스럽다는 생각을 하고 있다면 개수작을 부리는 이성의 연락을 말하지 않아도 알아서 끊어버릴 테니까요.

그 누가 다가오더라도 지금 내게 편안하고 따스하고 뭘 해도 즐거운 사람이 좋습니다. 생판 모르는 사람이 다가온다고 하더라도 애인에게 신경 쓰기도 바쁜데 자꾸 눈앞에 파리가 돌아다니듯 귀찮다고 느껴지기 때문에 관심이 가지 않습니다. 그저 귀찮고 짜증 나는 존재일 뿐이죠.

그러니 연애를 할 때 주변 사람이 당신의 연인에게 연락하지 못하게 차단하여 사랑하는 사람을 지키려 하지 말고 당신의 초심을 지켜냈으면 좋겠습니다. 단단한 성벽은 절대 부서지지 않습니다.

상대방이 이성에게 눈길이 가지 않도록, 내 연인의 성벽이 부서지지 않도록 미친 듯이 사랑해 준다면 좋겠습니다.

만일, 그렇게 미친 듯이 사랑을 주었는데도 이성에게 눈을 돌린다면 그때 당신은 그 사람에게 등을 돌리면 됩니다. 그런 쓰레기는 가져다 버리는 게 좋습니다. 그 사람의 본성을 알게 되는 계기가 된 거니 말입니다.

앞으로 사랑하는 연인과 오랜 시간 관계를 유지하고 싶다면 주변 이성과의 관계를 끊어내려 애쓰기보단 보다 상대를 믿고 서로의 시간과 영역을 존중해주세요. 가스라이팅만큼 관계를 무너트리는 건 없습니다.

보다 좋은 사랑을 하고 싶은 당신에게

말을 예쁘게 하는 사람을
만나고 싶다면

많은 사람들이 연애를 할 때 공통적으로 "나도 말을 예쁘게 하는 사람을 만나고 싶다" "어떻게 하면 말을 예쁘게 하는 사람을 만날 수 있을까?"라는 바람을 가지고 있습니다.

제 주변 사람과 독자들도 간혹 제게 작가님은 어쩜 그렇게 말을 예쁘게 하세요? 라고 이야기를 하곤 합니다. 하지만 저도 사람이기에 나쁜 말을 아예 사용하지 않는다고 하지는 못할 것 같습니다. 저 또한 모든 사람에게 예쁜 말만 하진 않습니다. 가는 말이 고와야 오는 말이 곱다는 말이 있는 것처럼요.

상대방이 착한 사람이거나 나에게 말을 예쁘게 전달한다면 그에 맞춰서 예쁘게 말을 건네겠지만, 상대방이 기분을 상하게 이야기하거나 무례함을 보인다면 저 또한 그 사람에 맞춰서 무례하게 이야기하는 편입니다. 모든 사람이 그렇다는 건 아니지만, 소수의 사람은 상대에게만 말을 예쁘게 하길 바라는 이기심을 가지고 있습니다.

이런 내로남불인 사람에게 상대방에게 예쁜 말을 바라기 전에 내가 먼저 예쁜 말을 사용하는 사람인지 되물어보고 싶습니다. 웃는 얼굴에 침을 뱉지 못하듯 자기 자신부터 상대방에게 먼저 예쁜 말을 건넨다면 상대방도 자연스럽게 예쁜 말을 해줄 것입니다.

이 말을 이해하기 어렵다면 친구와의 만남을 떠올리면 됩니다. 친구와 함께하는 자리는 비속어가 담긴 자유로운 대화 방식으로 이야기를 나누곤 합니다. 서로가 서로에게 너무 편안한 존재이기 때문이죠. 그런 편안한 상황 속에서 애인에게 전화가 온다면 우리는 서둘러 목을 가다듬고 애정어린 목소리와 말투를 내곤 합니다.

상대방이 너무 사랑스럽고, 나에게 예쁜 말을 해주니 말입니다. 홀로 말을 예쁘게 하는 사람은 없다고 생각합니다. 다만, 예쁘게 할 수밖에 없는 상대와 대화할 때 예쁘게 말이 나온다고 생각합니다. 그러니 예쁜 말을 하는 사람과 연애를 하고 싶다면 자기 자신부터 예쁜 말을 사용하는 사람이 되도록 노력해야 합니다.

사랑에도 솔선수범이 중요합니다.

이별에 현명하게 대처하는 방법

이별에는 환승 이별, 잠수 이별, 바람을 피워서, 서로의 감정이 식어서 등 다양한 이유가 있습니다. 가끔은 그 이별을 받아들이기 힘들다고 제게 고민을 털어놓는 사람이 있습니다. 내게 상처를 안겨주었지만, 그 사람을 잊는 게 너무 힘들다고, 깊은 상처로 인해 새로운 사람을 만나기가 두렵다고, 이젠 이성을 믿지 못하겠다며 말입니다. 그런 사람들이 제게 고민을 털어놓고 하는 말이 있습니다.

"그 사람에게 복수하고 싶은데 어떻게 해야 좋을지 모르겠어요."

상처를 받은 사람은 헤어진 사람에게 복수하고 싶다는 생각에 새로운 연인을 만나고 그 연애를 티를 내는 등 여러 복수를 생각하지만 이런 복수는 복수가 아니라 나를 더 피폐하게 만드는 지름길입니다.

상대방에게 복수하고 싶다는 생각이 간절하다면 자기 자신을 위해 투자하는 시간을 가져야 합니다. 당신이 이별 후 상대방의 태연한 모습에 화가 나듯 당신이 상대방의 생각에 슬퍼하는 모습이 아닌 태연하고 행복하게 살아가는 모습을 본다면 상대방 또한 같은 생각을 할 거라 생각합니다. 그렇게 자신을 위해 살아가다 보면 분명히 상처를 남긴 그 사람보다 더 좋은 사람이 곁에 찾아올 것입니다.

이별을 속절없이 아파하는 여린 마음이 아닌 내가 나를 더 보살피는 강인한 마음을 가졌으면 좋겠습니다. 이별로 당신의 삶은 무너지지 않습니다. 이럴수록 나를 더 사랑하고 아끼세요. 잘 사는 것이 진정한 복수입니다.

있을 때 잘해야 하는 이유

사랑하는 사람과 오랜 시간 함께하며 좋은 추억을 나날이 그려나가면 좋겠지만 나쁜 이별, 좋은 이별, 피치 못할 이별을 종종 맞이하게 되는 것 같다. 좋은 이별은 성격 차이나 거리 문제로 어쩔 수 없이 이별을 하는 것이고 피치 못할 이별은 서로의 앞날 때문에, 나쁜 이별은 익숙함에 속아 소중함을 잊었을 때 겪는 헤어짐이다.

나쁜 이별을 유발한 사람이 하는 특징적인 행동이 있다. 상대방이 늘 자신에게 정성과 열정을 쏟아부었고 자신은 하고 싶은 대로 해도 그 사람은 날 좋아할 거라는 자만심에 익숙해

보다 좋은 사랑을 하고 싶은 당신에게

져 고마움을 느끼지 못하거나 새로운 사람에게 흥미가 생겨 연인의 소중함을 잊은 것이다. 차후에 새로운 사람에게 상처를 받거나 그 사람이 없는 공허함을 느끼면 뒤늦게 소중했다는 걸 느껴 내가 더 잘해주지 못했다는 후회감에 인스타그램, 페이스북, 카톡 등을 통해 그 사람의 일상을 몰래 염탐하며 '나 없이도 잘 지내네….'라는 마음을 가지는 것 같다. 그러다 자니? 라는 연락을 하고 '내가 이렇게 연락을 한다면 상대방도 아직 내가 마음이 남아 있다는 걸 알아줄 거야'라고 오해하는 것 같아 얘기하려 한다.

당신은 그 사람에게 해주지 못한 게 많아 다시 만나고 싶다는 미련으로 염탐을 하겠지만 상대방이 느끼기엔 당신의 행동은 '있을 때 잘하지, 이젠 보기도 싫다'라는 생각을 하게 한다. 당신에게 돌아가고 싶은 마음은 하나도 없다는 걸 인지하고 염탐을 했으면 좋겠다. 진심으로 미안함을 느낀다면 미련을 두는 게 아닌 다음엔 후회가 남지 않도록 사랑을 하기를 바란다. 있을 때 잘하자. 세상에 당연한 건 없다.

그리고 그 사람은 더는 당신을 사랑하지 않는다.

함께 하는 시간만큼은
서로에게 집중해 주도록 해요

　개인마다 일, 학업, 집안일 등 여러 스케줄을 소화하다 보면 개인적인 시간이 한정적이게 된다. 이런 황금 같은 시간을 타인과의 약속에서 소비하는 건 돈보다 큰 값어치를 가지고 있다. 나의 소중한 시간을 나눌 수 있는 건 친구, 가족이 있지만, 대표적으로 연인과 보내는 시간이 가장 많지 않을까 싶다.

　그동안 밀렸던 방 청소, 빨래, 게임 등등 혼자 해야 할 일이 있지만 모든 것을 전부 다 배제하고 연인을 보고 싶은 마음이 가장 크기 때문이다. 월•화•수•목•금요일의 고된 5일을

보다 좋은 사랑을 하고 싶은 당신에게

견디며 사랑하는 사람을 볼 수 있는 주말에 데이트 약속을 잡고 애인에게 한걸음에 달려가 "보고 싶었어" 하며 애정 공세를 하지만 간혹 대화 중에 멍을 때리는 사람이 있다.

홀로 주절주절 이야기하고 "어떻게 생각해? 자기야. 자기야, 어떻게 생각하냐고!"라고 소리를 지르면 "뭐라고? 다시 한번 말해봐, 나 멍 때렸어….."라고 하는 사람. 보고 싶었던 마음이 컸고 그동안 하고 싶었던 말도 많고 애정표현도 왕창하며 좋은 추억을 만들려 했는데 상대의 멍 때렸다는 말을 들으면 가슴이 무너진다. 나 홀로 이 사람과의 만남을 기다렸나? 이 사람, 나와 있는 시간이 지루한가? 내가 그렇게 재미없나? 등 여러 가지 생각이 드는 동시에 화가 나는 것이다. 이런 무심한 말을 들으면 강형욱 선생님처럼 "멍 때리는 건 좋지 않은 행동이에요!"라고 소리치고 싶다.

소통이라는 건 둘이 함께 이야기를 나누는 것이지 한 사람만이 떠든다고 되는 게 아니라고 생각한다. 그냥 이야기만 듣고 싶다면 홀로 이어폰을 끼고 라디오를 듣는 게 편하다. 상대방의 기분을 상하게 하지 않으려면 만남 중에는 그 사람의 말에 최대한 집중해 주고 당신이 정말 머릿속에 생각이 많다면 차라리 약속을 잡지 않아야 한다.

　연애를 한다고 꼭 매주 약속을 잡아 만나야 하는 건 아니다. 당신이 생각할 게 많고 혼자만의 시간을 보내고 싶으면 정중히 약속을 미루어야 한다. 서로의 황금 같은 휴식시간을 기분좋게 보내기 위해선 함께하는 시간만큼은 상대방에게 집중해 주자. 멍 때리는 건 혼자만의 시간에 하도록 하고 함께 보내는 시간을 소중히 아끼며 사용하자.

　그게 연인간의 기본적인 예의다.

쓰레기 같은 사랑을 피하는 방법

1. 바빠서 연락 못 했다는 사람을 피해라.
   화장실 가고 담배를 태우는 시간은 있어도 연락을 안 하는 건
   당신이 그 사람에겐 담배와 화장실보다 못한 사람이라는 거다.
   당신을 진심으로 사랑한다면 그 어떠한 상황에서도 연락을 취하
   려 노력할 것이다.

2. "난 원래 그래, 난 이렇게 자라왔어"라고 변명하는 사람을 피해라.
   그런 사람은 자긴 못 고쳐도 "넌 고칠 수 있잖아"라는 내로남불의
   성향을 가졌다.

3. 사람은 고쳐 쓰는 게 아니다.
   상대방이 당신을 진심으로 사랑한다면 스스로 고쳐진다.

4. 화가 나면 물건을 던지는 사람을 피해라.
   차후엔 물건이 아닌 당신에게 주먹을 날릴 거다.

5. 만날 때마다 피곤하다고 말하는 사람을 피해라.
   피곤하면 만나지 말고 집에서 혼자 쉬면 되지 왜 굳이 피곤한데
   같이 있고 싶다는 개수작으로 야외 데이트보단 실내 데이트의
   비중을 늘리는가.

6. 분노조절 장애가 있는 사람을 피해라.
   분노조절 장애는 병원에 가야 확정 지어지지만,
   그냥 입으로만 분노조절 장애라고 하는 사람들이 대 반수다.
   그 사람들 자신보다 강한 사람 앞에선 분노 조절을 잘한다.

7. 당신이 하고 싶은 걸 늘 뒤로 미루는 사람을 피해라.
   다음이라고 하는 건 다음 생을 말하는 거다.

8. 다른 애인과 비교하는 사람은 피해라.
   연애는 둘만의 감정을 키워가며 둘만의 기준점에 맞춰야 한다고
   생각한다. 다른 애인과 비교를 하는 사람은 자신의 연애에
   만족하지 않는 사람이다.
   벤츠 오면 벤츠로 환승 이별을 할 사람이다.

9. 계산할 때 갑자기 딴청을 피우는 사람을 피해라.

　진심으로 사랑한다면 계산할 때 예의상 옆에 있어 준다.

10. 술을 자주 마시는 사람을 피해라.

　연애 중에 술자리가 잦을 거고 연락이 두절되는 상황도 잦을 거다.

　그럴 바에 친구가 없는 사람을 사귀는 게 마음 편하다.

무뚝뚝한 사람보다
꿀이 뚝뚝 떨어지는 사람이 좋다

사람마다 각각 연애 스타일이 다릅니다. 누군가는 츤데레 스타일. 누군가는 시크하고 무심한 스타일. 누군가는 꿀이 뚝뚝 떨어지는 댕댕이 스타일. 누군가는 수많은 이성과 문어발 연애를 하는 스타일 등 여러 가지의 연애 성향이 있죠.

연애의 시작점에선 서로의 진심을 모르고 서로의 성향을 모르기 때문에 그 사람에게 콩깍지가 씌어 상대가 어떤 사람인지도 모른 채 연애를 시작하지만, 시간이 흐르면 흐를수록 상대방에 대해 점차 알아가고 초반에 상상하던 연애의 모습이 아니기에 점차 마음에 상처를 입고 이별에 대해 생각을 하게 됩니다. TV 프로그램에서 무뚝뚝하고 나쁜 남자가 대세! 라고 한다고 본연의 모습을 버린 채 나쁜 남자를 따라 하고 또 츤데레가 대세! 라고 한다면 츤데레를 따라 하는 줏대 없는 사람이 있습니다. '어떤 사람이 대세!'라고 할지라도 사람마다 각자의 연애 성향이 있기에 모든 사람에 사랑받을 순 없습니다.

물론, 말없이 챙겨주는 츤데레까지는 반전의 매력이 있는 정도로 생각할 수 있지만 아무런 표현을 하지 않는 무뚝뚝한 사람은 '얘가 나를 좋아해서 만나는 건가 아니면 외로워서 만나는 건가'라는 생각이 들게끔 합니다.

당신이 아무리 진심으로 상대를 사랑하더라도 속으로만 생각하고 겉으로 표현하지 않는다면 상대방은 오해에 휩싸여 당신을 의심하고 당신에 대한 마음이 점차 줄어들게 될 것입니다. 늘 사랑받고 사소한 말을 잊지 않고 챙겨주는 것. 자신이 없는 자리에서도 꾸준히 생각해 주며 바쁜 와중에도 연락해 주는 것. 싫어하는 것과 좋아하는 것을 기억해 주는 것 등

섬세하게 드러나는 당신의 표현을 보며 상대는 깊은 사랑을 느낍니다.

당신이 표현에 어색하다는 건 핑계라고 생각합니다. 뭐든지 노력을 한다면 가능합니다. 상대방이 당신의 마음을 의심하지 않도록, 표현을 잘하는 다른 이성이 다가와도 흔들리지 않도록 그 사람에게 더 열렬히 사랑을 표현해야 합니다. 헤어지고 난 후에서야 "내가 잘못했어. 이제 표현 잘할게"라는 입에 발린 말을 하기보단 그 누구보다 당신에게 진심인 사람에게 당신이 마음을 직접 전달하세요.

막상 해보면 하나도 어렵지 않으니까요.

사랑은 시험과 같다

사랑은 시험과도 같다. 상대방에게 열 번을 잘하고 좋은 모습을 보이더라도 한 번의 실수로 연인 관계가 무너질 수 있으니 말이다. 마치 길거리에 쓰레기를 한 번도 버리지 않던 사람이 한 번 버렸다고 모든 질책을 받는 것처럼 연애도 그렇다고 생각한다.

사람의 행동에는 기준점과 표준점이 있다. 늘 잘해준다면 상대방에겐 내게 늘 잘해주던 모습이 기준점이자 표준점이 된다. 예를 들어 처음부터 실력이 좋은 운동선수가 갑자기 실력이 떨어지는 모습을 보이면 사람들은 '무슨 일이 있어서 저

런가? 부상을 당했나?'라고 생각하는 게 아닌 "쟤 왜 저렇게 하는 거야 예전엔 잘했는데"라고 생각하듯 말이다. 또 다른 예시로 노래를 부를 때 첫 시작부터 음역대를 높게 잡아버리면 끝까지 완곡을 할 수 없듯 상대방을 위해 열정을 담아 노력하는 초반의 모습을 유지하며 꾸준히 노력하지 못할 것 같으면 처음부터 너무 무리하지 않아야 한다.

당신이 처음에 보였던 행동과 마음으로 상대방도 당신을 사랑하게 되었으니 내 마음을 받아준 상대방이 감사하다면 처음과 끝이 같은 사람이 되었으면 좋겠다. '얘는 이제 나 좋아하니까 조금만 쉬엄쉬엄 해야겠다'라는 생각은 잘못된 생각이다. 없어선 안 되는 귀중한 연인이라면 곁에 있을 때 변함없는 마음을 전해주도록 하자. 당신이 헌신을 다해도 헌신짝으로 만들지 않을 사람이다.

사랑이란 매일 보는 시험이다.
조금 점수 잘 받아서 기고만장해지지 말아라.
그러다 금방 F 맞는다.

부모님의 깊은 사랑

부모님은 당신이 힘들 때만 생각나는 분인가요. 아니면 평시에도 부모님을 생각하며 살아가나요? 어릴 적부터 자라오면서 부모님에게 혼나고 매도 맞으면서 자라온 당신의 모습이 그려집니다.

저 또한 그렇습니다. 어릴 적 부모님은 왜 이렇게 나를 혼낼까 왜 나를 미워할까라고 생각하며 자랐습니다. 사춘기에 접어들어 "그럴 거면 왜 태어나게 했어"라는 해서는 안 되는 모진 말도 내뱉었습니다. 아직도 마음속에서 잊히지 않고 부모님께 죄송스럽기만 합니다.

지금 이렇게 성인이 되어 부모님을 바라보니 왜 저에게 잔소리하고 훈육을 하셨는지 이해되기 시작했습니다. 어디 가서 손가락질을 받지 않도록, 그 누구보다 소중한 자식이기에 그런 아이가 올바르게 자라났으면 하는 생각에 꾸짖으셨던 게 아니었나 싶습니다.

어릴 적, 부모님은 저에 비해 키도 크시고 세상 모든 부분을 알려주며 절 지켜주는 사람이었지만 이젠 예전과 다르게 키도 덩치도 저에 비해 왜소하고 새까맣던 머리카락도 새하얗게 점차 물들어가고 있습니다. 그 모습을 볼 때마다 이젠 내가 부모님을 지켜 드릴 차례라고 느끼고 있습니다.

부모님의 훈계와 잔소리를 마냥 좋게 생각하는 사람은 없다고 생각합니다. 사춘기 시절, 우리 모두 부모님에게 서운하다는 마음을 가지고 대들고 말썽을 피웠을 것입니다. 하지만 사춘기도 어떻게 보면 핑곗거리가 아닐까 싶습니다. 그저 부모님의 잔소리에 반항하기 위해 붙여 넣은 변명이었던 것이죠. 저는 이것을 우리가 자라 '부모님에게 왜 그랬을까'라는 후회를 남겨주는 세상의 교훈이 아닐까 합니다. 너무나도 귀중한, 하나밖에 없는 부모님이자 당신이 태어나기 전부터 세상에서 가장 소중하게 나를 생각해 주신 부모님입니다. 그런 부모님께 당신이 힘들 때만 두 손 벌려 도와달라 하지 말고 평상시에도 두 손 벌려 따스하게 안아드리길 바랍니다.

당신이 미워서 잔소리하는 게 아닌 당신을 사랑하기에 했던 잔소리니 이젠 부모님의 마음을 알아주셨으면 좋겠습니다. 말이 나온 김에 오늘 부모님에게 전화를 걸어

"아빠 엄마 사랑합니다. 그리고 존경합니다. 저를 이렇게 건강하게 키워주셔서 감사합니다. 부모님도 오래 건강하시길 바랍니다. 이젠 제가 지켜 드릴게요"라고 말해보세요.

당신을 영원히 사랑해 주시는 부모님을
이젠 당신이 지켜 드릴 차례입니다.

사람은 뿌린 대로 거두는 존재다

상대방에게 상처를 주는 사람은 꼭 상처를 줘야만 가슴이 후련할까요? 서로가 좋은 관계로 시작해 좋게 매듭이 지어진다면 서로 좋은 기억으로 남을 텐데 말입니다. 처음부터 악연이 아니었을 텐데 왜 굳이 한 사람에게 상처를 주어서 좋지 않은 관계로 연을 끝내는지 모르겠습니다. 타인에게 상처를 안겨주는 사람은 쉽게 내뱉은 말이 얼마나 날카로운 칼날인지, 그 칼날이 상대편의 마음에 얼마나 깊이 파고 들어가는지, 속에 들어간 칼날이 파편이 되어 마음속에 자리 잡게 되는 것을 잘 모르는 것 같습니다.

상대방에게 상처를 주는 사람은 잠시 일지라도 상처를 받은 사람은 장기간으로 트라우마가 남을 수 있습니다. 자신의 언행으로 상대방이 아파할지 모르는 건지 아니면 살면서 상처를 받아보지 못한 건지, 주변 사람들이 그런 언행을 듣고도 그냥 넘어가 주었는지는 모르겠지만, 그런 사람은 꼭 똑같은 사람을 만나 똑같은 경험을 함으로써 자신이 한 만행을 깨달아야 합니다. 그렇게 해야 그동안 자신이 저지른 섣부른 행동에 대해 생각할 거고 자신의 잘못을 인지해 상처를 주는 행동을 하지 않게 될 것입니다. 만일 이런 경험을 겪었는데도 불구하고 또다시 타인에게 상처를 주는 사람이 된다면 평생 곁에 둘 수 있는 진정한 친구를 만들 수 없을 거라 생각합니다.

사람은 끼리끼리 만난다는 말이 있습니다. 흔히들 말하는 부자랑 결혼하고 싶다, 말 예쁘게 하는 사람 만나고 싶다, 다정한 사람 만나고 싶다, 날 이해해 주는 사람을 만나고 싶다는 말을 많이들 하지만 관계에 일방통행은 없습니다. 부자들은 서로의 직업과 위치에 맞는 사람과 연을 맺고 말 예쁘게 하는 사람은 말 예쁘게 하는 사람과 연을 맺습니다.

모든 건 끼리끼리라고 생각합니다. 상대방에게 상처를 주는 언행을 이어간다면 곁에 남은 사람 또한 타인에게 쉽게 상처를 주는 사람일 거라 생각합니다. 그런 무리 속에 포함되고 싶지 않다면 내가 먼저 상대에게 상처를 주지 않은 사람이 돼야 합니다. 사람은 뿌린 대로 거두는 존재입니다. 그러니 인간관계에 회의감이 든다면 가끔은 나 자신을 뒤돌아보세요.

잔소리를 한다는 건 그만큼
소중하다는 증거이다

잔소리를 들으면 누구나 기분이 좋지 않다. 자신이 하는 일에 대해 괜히 딴지를 거는듯한 느낌이라서, 이미 알고 있는 부분인데도 괜히 잔소리를 해서, 어린애 취급하는 거 같아서 기분이 상하는 것이다. 이런 잔소리를 가장 많이 하는 건 역시나 부모님이라고 생각한다.

사소한 거 하나하나 사사건건 잔소리를 하시는 모습에 짜증을 내지만 부모님은 우리가 배 속에 있을 때부터 지금까지 늘 보호해 줘야 하는 아이로 우릴 보살피고 있다. 집안이 아닌 다른 곳에서 다른 사람에게 손가락질을 받지 않도록 키워야 한다고 생각을 하시기 때문이다.

나 또한 그렇게 자라왔다. 나이가 점점 들어가면서 성장한 만큼 부모님의 잔소리가 줄어들 거라고 생각했지만, 아직도 부모님 눈에는 내가 어린아이로 보이는 것 같다. 전엔 싫었지만, 지금은 부모님의 잔소리가 날 사랑하셔서 해주시는 귀여운 말처럼 들린다. 이처럼 진실한 사랑이 있어야 잔소리도 자연스럽게 나오는 것이다.

길거리를 걷다 옆을 지나가는 사람이 "도를 믿으십니까?"라고 이야기를 건넨다면 그냥 무시하고 지나칠 것이다. 왜냐하면, 그 사람에게 애초에 관심이 없기 때문이다. 요즘 사람들은 사건 사고가 일어나면 피해자를 보호해 주기보단 핸드폰을 꺼내 동영상을 찍기 바쁘다. 신경을 쓴다면 괜히 오지랖 같고 자신에게도 피해가 오지 않을까 걱정하는 것이다.

연인 관계에서도 마찬가지다. 연인 관계에서 잔소리를 한다는 건 그만큼 당신이 소중해서 하는 것이다. 만약, 소중하지 않았다면 당신이 뭘 하던 무시하고 지나쳤을 거다. 그러니

잔소리에 무작정 짜증 내기보단 상대방에게 신경을 써주어
고맙다는 말을 해주면 좋겠다.

누군갈 애정 하게 되면
우린 자연스레 그 사람을 챙기려는 마음으로
나도 모르게 잔소리를 하게된다.

꽃을 꺾어 내려 하지 말아요

집에 가는 길에 수많은 장미 나무 중 수줍게 피어난 한 송이의 장미꽃을 보았다. 길가에 오롯이 그 꽃만이 아름다움을 내뿜고 있었다. 그 꽃은 힘든 하루를 마치고 축 처져있는 나를 위로하듯 내 시선을 빼앗았다.

꽃을 바라보며 한 가지 생각이 문득 들었다. 아름답게 보이는 이 장미꽃 한 송이가 늘 내 곁에 있었으면 좋겠다고.

나도 모르게 '이 꽃을 꺾어 집으로 가져갈까'라는 생각을 잠시 했다. 하지만 찰나의 생각이었다. 그 꽃을 내가 꺾어간다면 다른 사람들은 장미꽃의 아름다움을 보지 못할 거고, 내

가 아무리 신경을 써주고 가꾸어줘도 그 꽃은 머지않아 잎사
귀를 떨어트리며 져버리고 말 거라는 생각이 들었기 때문이
다. 나는 너의 아름다움을 이 자리에서 지켜내 달라고, 네가
져 무는 모습까지 지켜보겠다는 말을 건네며 손을 내밀어 장
미꽃을 쓰다듬어줬다. 꽃에게 인사를 건네고 집으로 발걸음
을 옮기며 사랑에 대해 글을 적었다.

예쁜 꽃은 꺾는 게 아니야.
그 꽃이 화려하게 피어났다 지는 걸
지켜보는 게 사랑이야.

　한 사람과의 연애를 시작할 때 상대의 아름다운 모습에 그
사람 곁에 자신이 아닌 다른 사람들이 다가올지도 모른다는
걱정으로 모든 자유와 인간관계를 꺾어내어 자신만 볼 수 있
게 하는 사람이 있다.

　쉽게 말해 가스라이팅이라고 생각하면 된다. 벌어지지 않
은 일을 상대방에게 세뇌시켜 상대방이 지인과 만나는 것과,
주고받는 연락 등 사소한 모든 부분마저 통제해 그 사람의 인

간관계를 망쳐버리는 것이다. 이런 답답한 삶이 반복되면 점점 피폐해져 결국 마음속의 잎사귀가 져버리고 말 것이다.

진심으로 상대방을 사랑한다면 그 사람이 화려하게 피어났다 자연스럽게 지는 모습을 곁에서 지켜봐 주는 연애를 했으면 좋겠다. 사랑은 행복하려고 하는 것이지 아프려고 하는 게 아니다.

상대를 꺾으려고 하는 것이 아니다.

동묘에서

스트레스를 받거나 머리가 복잡하다면 동묘에 가곤 합니다. 동묘에는 세계 각지에서 사람들에게 외면받고, 버려진 의류를 판매하는 곳입니다. 그 옷의 진가를 알아보지 못한 사람에게 외면받아 버려진 옷을 사람들은 빈티지 옷이라고 부릅니다. 흔치 않은 옷이고 어디서나 쉽게 구하지 못하는 옷이기에 패션을 좋아하는 사람들은 동묘를 자주 찾곤 합니다.

옷을 버리는 사람들은 방 정리를 할 때 입지 않는 쓸모없는 옷, 괜히 옷장에 자리만 차지하는 옷, 유행이 지나서 입기 좀 그런 옷이라는 생각으로 헌 옷 수거함에 옷을 버립니다. 반면 동묘에선 이런 버려진 옷들을 헌 옷이라 생각하기보단 특별하고 예쁜 옷이라고 생각하며 가치를 더해 사람들에게 판매되고 있습니다.

누군가에겐 쓰레기로 누군가에겐 빈티지로 생각이 나뉘는 것처럼 사람과의 관계도 마찬가지라고 생각합니다. 당신이 한 사람에게 상처를 입고 버려졌다고 한들 그로 인해 못난 사람이 되는 것이 아닙니다. 그 사람은 당신의 진가를 알아보지 못했던 것뿐, 당신이 얼마나 귀중한지 후에 깨닫고 '내가 왜 그랬을까'라는 생각과 동시에 밀려오는 후회감을 느끼리라 생각합니다.

그러니 더는 과거에 연연해 새로운 사람과의 만남을 두려워하지 않았으면 좋겠습니다. 짚신도 제짝이 있다니 당신을 진심으로 아껴주는 사람이 분명 나타날 것입니다.

당신에게 상처를 주고 버린 그 사람이 당신을 쓸모없는 사람이라고 여겼을지라도 새롭게 다가오는 사람은 당신의 진가를 소중히 여길 테니 더는 다가오는 사람을 밀쳐내지 않았으면 좋겠습니다.

당신은 사랑받기 충분한 사람이고 내 눈에는 너무나도 선량한 사람입니다. 과거의 상처가 신경 쓰여도 마음은 그 누구보다 아름답기에 더는 상처에 얽매이지 않았으면 좋겠습니다. 다시 한번 말하지만, 당신을 진심으로 좋아해 줄 사람은 이 세상에 많아도 너무 많기에 앞으로는 더 좋은 사랑을 할 수 있을 겁니다.

절대로 놓치면 안 될 사람

1. 기분이 태도가 되지 않는 사람

2. 상대방의 마음을 의심, 집착, 불안해하지 않으며
   테스트하지 않는 사람

3. 주변 사람들의 애인과 자신의 애인을 비교하지 않는 사람

4. 비밀스러운 둘만의 이야기를
   주변 친구와 지인에게 쉽게 말하지 않는 사람

5. 뭐가 미안한데? 라고 묻는 게 아닌 어떠한 부분에 대해서 기분이
   상했다고 정확히 자신의 입장을 전달해 주는 사람

보다 좋은 사랑을 하고 싶은 당신에게

6. 친구와의 술자리, 약속 자리, 게임을 하는 중에도
   상대방에게 연락을 꾸준히 잘하는 사람.

7. 서로의 취미를 존중하며 취미를 함께 하려고 노력하는 사람

8. 우리는 정말 맞지 않는 건가? 헤어져야 하나라는 생각이 아닌
   다툼이 생기는 매 순간 긍정적으로 차분히 생각하는 사람

9. 서로의 생각에 대해서 마찰이 생긴다면 네가 생각하는 게 아닌
   서로가 다를 뿐이라고 생각하는 사람.

10. 상대에게 책임을 떠넘기지 않고 누구의 탓을 하지 않는 사람

11. 어른들에게 예의가 바른 사람

연락은 관심의 정도다

사랑의 깊이에 따라 연락의 빈도가 달라진다고 생각한다. 상대를 깊게 사랑한다면 그 사람이 지금쯤 무엇을 하고 있는지, 밥은 챙겨 먹었는지 사소한 걱정을 자연스레 하곤 한다. 집착이 아닌 걱정으로 상대에게 연락을 하는 것이다.

연인이 나에게 "밥 먹었어?" "잘 잤어?" "몸은 괜찮아?" "기분은 괜찮아?" 같이 흔하고 반복되는 연락을 했을 때 늘 뻔한 걸 물어본다고 생각할지 모른다. 만약, 그 말이 늘 같은 말로 보이고 진부하게 느껴진다면 큰 오산이다. 같은 말 일지라도 사랑의 농도에 따라 그 크기가 달라지기 때문이다. 그래서 사람들이 연락을 잘하는 사람이 좋다고 말하는 게 아닐까.

사소한 연락을 바쁘다는 핑계로 무시하지 않았으면 좋겠다. 우리 모두 바쁘지 않은 상태에서 연애를 시작한 건 아니다. 같은 삶이라도 좋은 모습을 보여주기 위해 바빠도 연락을 하고 피곤함에 몸이 녹초가 되어도 새벽까지 통화와 카톡을 했던 것이다. 나의 피곤함보다 먼저였기에, 그 무엇보다 그 사람을 우선시로 생각했기에 그렇게 행동했다고 생각한다.

사랑하는 사람 앞에서 바쁘고 피곤하다는 핑계로 연락을 못 했다는 말은 하지 않아야 한다. 이런 식으로 연락의 빈도가 줄어든다면 다른 이성에게 연락할 기회를 주는 것과 같다. 연락의 빈자리만큼 외로운 게 없으니 말이다.

사랑하는 사람에게 시간이 나서 연락하는 게 아닌 시간을 내서 연락하는 게 사랑이다. 예전이나 지금이나 한가하지 않고 똑같이 바쁜 삶이다. 사랑을 유지하기 위해 시간을 내서 꾸준히 연락해 주는 사람이 되기를, 상대방의 걱정을 덜어주도록 시간을 내어 연락하는 사람이 되기를, 상대방의 마음에 공허함을 채워주는 사랑꾼이 되었으면 좋겠다.

기억하자.

연락은 연애의 기본 중의 기본이다.

보다 좋은 사랑을 하고 싶은 당신에게

당신이 이별에 아픔을
느끼는 이유는

애틋한 감정을 나누었던 상대방을 소중하게 생각했었다면 이별 후에 그 사람의 빈자리가 크게 느껴져 짙은 아픔을 느낄 거라 생각합니다. 진지한 연애를 한 사람이라면 이별을 고통 없이 받아들일 수 없습니다.

따스한 온기를 담아 진심으로 상대방을 사랑했기에 그 사람과 함께하는 미래를 꿈꾸기도 했고, 평생 함께였으면 하는 바람이 있었기 때문에 이별의 상처가 쉽게 치유되지 않는 게 아닐까요?

사랑하던 사람과 함께 미래를 그렸던 바람이 이별로 무너져버리고 만다면 그 아픔을 한 번에 삼켜내기엔 역부족하기에 그치지 않는 장맛비처럼 눈물을 흘리며 슬픔이란 감정에 갇혀버리고 맙니다.

　나는 당신에게 그런 슬픔이 오랜 시간 지속되지 않았으면 좋겠습니다. 슬픔이 지속된다면 새로운 인연을 맞이하지 못하고 좋은 사람이 다가오더라도 상처에 대한 두려움에 사로잡혀 새로운 사랑을 하지 못할 테니까요.

　당신이 이별에 아픔을 느끼는 건 진심으로 상대방을 사랑했기 때문이라고 생각합니다. 연애에 최선을 다했고, 후회는 남지 않잖아요. 그러니 지나간 사랑이 아닌 새롭게 다가오는 사람을, 사랑을 맞이해주세요.

당신은 충분히 그럴 자격이 있습니다.

익숙해졌다고 자만심에 빠지지 말자

인생을 살아가며 한 가지의 도전으로 인생의 종지부를 찍는 사람은 드뭅니다. 살아가다 보면 하기 싫어도 어쩔 수 없는 도전의 연속이 이어집니다. 학교를 졸업하면 자유인 것 같지만 금방 취업난에 허덕이고 취업을 하니 자신과 맞지 않은 것 같아 다른 일을 찾게 됩니다.

사람은 한 가지 일을 정복하면 다른 목표점을 바라보며 이미 손에 익숙해진 현재에 흥미가 떨어져 새로운 도전을 하고 싶다는 생각을 합니다. 그런 마음으로 여러 차례 도전할 때 설레기도 하지만, 내가 잘할 수 있을까라는 두려움과 함께 긴장을 하는 탓에 평상시의 기량이 나오지 않기도 합니다.

　이처럼 대부분의 사람은 새로운 도전을 할 때 지레 겁을 먹고 긴장을 하곤 합니다. 하지만 시간이 지나 다시 손에 그 일이 익으면 자만심에 빠지곤 합니다.

　사랑도 마찬가지입니다. 익숙해졌다고 자만심에 빠지는 사람이 정말 많습니다. 사랑을 시작할 때 우린 긴장을 한 탓에 손끝이 스치기만 해도 심장이 요동쳤지만, 시간이 지나면서 손을 잡아주지도 않고, 피곤하다는 이유로 이번 주는 집에서 쉬자고 하기도, 지나가는 다른 이성에게 눈길을 돌리기도 합니다. 익숙함이라는 무서운 생각에 속아 상대방의 소중함을 잊어버리는 것이죠. 처음과 달라진 건 상대방에 대한 감정이 아닌 긴장감이 풀려버린 '당신의 태도'라고 생각했으면 좋겠습니다. 예전이나 지금이나 당신을 사랑해 주는 사람이고 당신의 인생에 가장 행복한 추억을 그려 넣어주는 사람입니다.

　그러니 곁에 있는 소중한 사람을 익숙함에 잃지 않기를 바랍니다. 사랑에 자만하지 말길 바랍니다.

보다 좋은 사랑을 하고 싶은 당신에게

epilogue

좋은 일이 생길 것입니다

저도 처음부터 찾아온 시련을 긍정적으로 생각하며 살아
간 건 아니었습니다. 저는 제게 불행이 찾아올 때마다 이 상
황이 도무지 끝나지 않을 것 같다는 생각에 세상에서 벗어나
고 싶다는 생각을 했습니다. 지금 불행했던 시절을 다시 생각
해 보면 '그땐 그랬지'라는 생각으로 웃어넘길 수 있는 것 같
습니다. 그 이유는 스스로를 강해지자는 마음가짐 하나로 누
군가에게 도움을 요청하기보단 그 역경을 묵묵히 홀로 이겨
냈기 때문입니다. 인고의 시간이 지나니 사소하게 생기는 불
행은 긍정적으로 마인드로 쉽게 이겨낼 수 있게 되었습니다.

고생 끝에 행복이 찾아온다는 말이 있습니다. 제가 생각하기엔 고생 끝에 행복이 시작된다는 말은 고생이 사라진다는 말이 아닌 점차 강인해진 자신이 더는 사소한 고충에 무너지지 않는다는 뜻이 아닐까 싶습니다. 누구나 겪어보지 못했던 상황을 처음 마주하기 때문에 실수를 하고, 두려움을 가지는 것이라 생각합니다. 두려움을 가져도 괜찮습니다. 다만, 두려움을 통해 스스로 해결책을 찾아 나아갔으면 좋겠습니다. 누군가에게 고충을 말하기 힘들었던 당신에게 조금이나마 도움이 되는 글을 적고 싶었습니다. 이런 제 진심이 잘 전달되었으면 좋겠습니다. 앞으로 당신의 불행의 한가운데에 제가 있었으면 좋겠습니다. 당신에게 힘을 불어넣어 주는 사람으로 앞으로 묵묵히 써 내려가겠습니다.

당신의 삶이 보다 더 평온해지기를
시련 속에서도 긍정적인 생각을 가질 수 있기를
나를 더 사랑하며
이제는 아프면 아프다고 말할 수 있는 사람이 되기를

홍현태 올림

괜찮다고 아무렇지 않은 것은 아니다

초판 6쇄 발행 | 2023년 12월 15일

글 | 홍현태
그림 | 규하나(@kyuhana_)

펴낸곳 | Deep&Wide
발행인 | 신하영 이현중
편집 | 신하영 이현중
도서기획 | 신하영 이현중 윤석표

주소 | 서울특별시 마포구 성미산로1길 21 사울빌딩 302호
이메일 | deepwidethink@naver.com

ISBN | 979-11-91369-26-7 (03810)